Karsten Strack (Hg.)

DIE ULTIMATIVE POETRY-SLAM-ANTHOLOGIE I

24 versammelte Bühnentexte
mit Kommentaren

Prosa bei Lektora

Bd. 45

Karsten Strack (Hg.)

DIE ULTIMATIVE POETRY-SLAM-ANTHOLOGIE I

24 versammelte Bühnentexte
mit Kommentaren

Lektora

Lektora, Paderborn

ERSTE AUFLAGE 2014

LEKTORA GMBH
Karlstraße 56
33098 Paderborn
Tel.: 05251 6886809
Fax: 05251 6886815
www.lektora-verlag.de

Druck: docupoint, Magdeburg
Cover: Markus Freise
Lektorat: Lektora GmbH
Satz: Lektora GmbH

Printed in Germany

ISBN: 978-3-95461-030-3

INHALT

KARSTEN STRACK
Vorwort

Die deutschsprachige Poetry-Slam-Szene feiert im Jahr 2014 ihr 20-jähriges Jubiläum. Diesen historischen Moment nehmen wir als größter deutschsprachiger Poetry-Slam-Buchverlag sehr gerne zum Anlass, um eine Anthologie vorzulegen, die sowohl einen Querschnitt deutschsprachiger Slam-Texte aus den vergangenen 10 Jahren als auch einen Querschnitt unserer verlegerischen Arbeit seit 2005 bietet.

In der Anthologie sind insgesamt 24 Texte von 23 Autoren und einer Autorin versammelt. Sie beinhaltet zahlreiche „Klassiker"-Texte renommierter Slam-Poeten wie zum Beispiel „Ärger die Monotonie" (Sebastian 23), „Ein Kanake sieht rot" (Sulaiman Masomi), „Bread Pitt" (Lars Ruppel), „Ballon-Fahrer Jean und Flieger-Horst" (Karsten Hohage), „Von Ärzten und Claire. Wenn die Welt wäre wie in Serien" (Pierre Jarawan) oder „Märchen mit Opa" (Jan Philipp Zymny), um nur einige zu nennen. Zu den einzelnen Texten finden sich auch die jeweiligen Autorenbiographien und als besonderer Bonus ein Kommentar des Autors zu seinem jeweiligen Text. Das Buch ist somit eine Sammlung zum Lesen und Vorlesen und sicherlich auch für den Einsatz im Schulunterricht und an der Universität geeignet.

Es ist uns eine große Ehre, als Lektora Verlag die kontinuierliche Entwicklung der Poetry-Slam-Szene im deutschsprachigen Raum über diesen durchaus nennenswerten Zeitraum begleitet haben zu dürfen. So sind auch unsere bisher insgesamt 60 Einzel-Veröffentlichungen von über 30 Autorinnen und Autoren ein deutliches Signal für den Bedeutungsgewinn der literarischen Wettbewerbsform Poetry Slam. Waren es in den Anfangszeiten noch eine Handvoll regelmäßiger Veranstaltungen, die ein paar Menschen in Kneipen, Clubs, Kultur- und Jugendzentren zogen, so ist Poetry Slam im Jahr 2014 ein Format, das in mehr als 200 deutschsprachigen Städten und Gemeinden regelmäßig stattfindet und bisweilen über 500 Besucher – bei Sonderveranstaltungen sogar über 1.000 Besucher – nahezu magisch anzieht. Poetry Slam ist mittlerweile fest in der Kulturlandschaft verankert, einige Akteure erlangen auch über den Slam hinaus Bekanntheit als Literaten, Kabarettisten und/oder Comedians.

Wir möchten uns dafür bedanken, dass wir ein Teil dieser großartigen Szene sein dürfen, und freuen uns immens über die wunderbaren Kontakte, die wir über unsere Tätigkeit zu vielen äußerst angenehmen und talentierten Menschen knüpfen konnten.

Insbesondere gilt unser Dank allen Lektora-Autorinnen und -Autoren.

Besonders zu nennen ist in diesem Zusammenhang Misha Anouk, der im Jahr 2005 mit „Phantomherz“ (noch unter seinem damaligen Namen Mischaël-Sarim Vérollet) das erste Slam-Buch des Lektora Verlags publizierte und damit die Kernsparte des Verlagsprogramms begründete.

Eine spezielle Gratulation geht hier noch einmal an alle Lektora-Autoren, die den deutschsprachigen Meistertitel im Poetry Slam erringen konnten: Sebastian 23 (2008, Zürich), Patrick Salmen (2010, Bochum), Pierre Jarawan (2012, Heidelberg) und Jan Philipp Zymny (2013, Bielefeld).

Wir wünschen allen Poetry-Slammern, -Veranstaltern und -Zuschauern im deutschsprachigen Raum ein wunderbares Jubiläumsjahr sowie eine spannende, facettenreiche Zukunft.

Gerne greifen wir zum Abschluss dieses Vorworts das programmatische Zitat des Bielefelder Poeten und Comic-Zeichners Markus Freise auf: „Das hier ist Poesie!“ – „Blödsinn – das hier ist eine Schlacht!“

In diesem Sinne

Karsten Strack
Paderborn, 26. Mai 2014
Geschäftsführer – stellvertretend für das
gesamte Team des Lektora Verlags

MISHA ANOUK
Silberfische on my mind [Slam Edit]

Die Silberfische starren mich verunsichert an. Ich kann ihre Augen zwar nicht sehen – ich weiß noch nicht einmal, ob sie Augen haben –, aber sie starren mich definitiv an. Ich spüre ihre harten, abschätzenden Blicke. Vorsicht, Fremder, scheinen sie zu zischen. Vorsicht, das ist unser Revier.

Ich zwinkere ihnen zu. Ich möchte nicht, dass sie Angst vor mir haben. Schließlich weiß ich ja nicht, wie lange ich hier noch liegen werde.

Eine große, flache Ebene erstreckt sich vor mir. In der Ferne sieht man die Berge. Sie wirken bedrohlich, massiv, undurchdringbar. Wenn ich die Augen verenge, sehe ich manchmal Reiter, die diese Ebene überqueren und in Richtung der großen Stadt reiten, die man durch die flimmernde Luft grob erkennen kann. Dann mache ich die Augen wieder auf und gucke auf meinen Teppich, auf die Silberfische, auf die Wohnzimmerwand, auf das Kaffeeservice, das auf dem Boden steht, weil ich es nicht weggeräumt habe.

Vor drei Tagen bin ich umgefallen. Einfach so. Habe das Gleichgewicht verloren. Dann blieb ich liegen, bis sich mein Kreislauf wieder beruhigt hatte. Als alles wieder o. k. war, sagte ich mir, noch fünf Minuten. Einfach mal liegen bleiben. So viel Zeit muss sein. Nach den fünf Minuten dachte ich mir, hm, eigentlich kannst du auch noch ein bisschen länger liegen bleiben. Und ich blieb liegen. Das war vor drei Tagen. Ich liege immer noch hier. Ich habe mich keinen Millimeter bewegt.

Mit meiner Position bin ich ganz zufrieden, ich bin in einem günstigen Winkel liegen geblieben. Von hier aus habe ich meinen Fernseher und das große Wohnzimmerfenster im Blick.

Die Silberfische kommen näher, scheinen doch recht neugierig zu sein. Und immerhin beobachten sie mich ja jetzt schon, seitdem ich hier liege. Ihnen scheint aufgegangen zu sein, dass ich in friedlicher Absicht gefallen bin und keine Massenvernichtungswaffen oder ähnlich Bedrohliches beherberge.

Kurz bevor ich umgefallen bin, hatte ich Wasser in die Wanne eingelassen. Ich wollte ein Bad nehmen; hatte nebenbei noch den Fernseher an, auf lautlos, es lief Musik-Fernsehen. Warum, kann ich nicht sagen. Es gibt ja keinen vernünftigen Grund mehr, Musik-Fernsehen zu gucken. Da läuft ja eh nur noch Werbung für singende Tiere, die man auf sein Handy laden kann. Vielleicht sollte ich meine Silberfische vermarkten. Die könnten dann Cancan tanzen oder so. Musik-Fernsehen ist doof. Früher war alles besser. Vor allem das Musik-Fernsehen. Zum Glück hatte ich meinen Fernseher auf lautlos gestellt.

Mein rechtes Bein spüre ich gar nicht mehr. Es ist vollkommen taub. Ich hoffe, dass es taub bleibt. Ich kann dieses kribbelnde Gefühl nicht ab, wenn eingeschlafene Körperteile aufwachen.

Xenophobisch. Das ist das Wort, das ich suchte. Xenophobie. Angst vor Fremden. Meine Silberfische haben jegliche Xenophobie abgelegt. Schon interessant, in welchen Dimensionen man denkt, wenn man auf dem Boden liegt. Mein Haus. Mein Auto. Meine Silberfische.

Es ist nicht so einfach, die Zeit totzuschlagen, wenn man am Boden ist. Ich könnte noch nicht mal das Gefühl beschreiben, das ich jetzt habe. Es ist nicht Langeweile, es ist, es ist, beinahe schlimmer, wenn es etwas Schlimmeres gibt. Und es ist alles still. Sehr still. Ich kann fast das Gras wachsen oder, in diesem Fall, den Teppich schlafen hören. Komisch, wie die Zeit vergeht, wenn man nicht weiß, wie spät es ist. Ist gar nicht so schlecht, wenn man einfach mal liegt. Man kommt endlich mal dazu, über gewisse Sachen nachzudenken.

Andererseits habe ich die letzten drei Jahre nur nachgedacht.

Als sie damals zur Tür hinausging und die Kinder mitnahm, da war ich traurig. Ich fühlte mich verloren. Ich hatte mich doch so bemüht, und sie, sie war einfach gegangen. Es liegt nicht an dir, hatte sie gesagt, aber es geht einfach nicht mehr. Als sie weg war, kramte ich ihre alten Briefe aus der Truhe im Keller. Ich werde dich immer lieben, stand da, gemeinsam schaffen wir alles. Manche Berge sind wohl doch zu groß, als dass man sie versetzen kann, glaube ich.

Krieg dein Leben erst mal in den Griff, sagte sie mir, und dann, dann können wir vielleicht noch mal über alles reden. Und dann, dann machte sie die Tür hinter sich zu. Ein halbes Jahr habe ich gewartet, dass die Tür wieder aufgeht und sie zurückkommt, aber sie kam nicht wieder. Da wusste ich, dass es Zeit war, ihre Zahnbürste wegzuschmeißen. Das tat ich. Aber besser, besser ging es mir nicht.

Wenn man den Kopf für längere Zeit waagerecht am Boden hat, glaubt man irgendwann, senkrecht an einer Wand zu hängen, so bergwandmäßig – wenn man es sich einbilden möchte. Das habe ich als Kind auch immer gemacht. Da lag ich stundenlang auf dem Perser-Teppich und habe mir die blühendsten Landschaften vorgestellt – weite Ebenen, Reiter, die diese Ebene überqueren –, meine Wange ganz dicht an den Boden gepresst. Und wenn ich mich ganz stark konzentriert habe, kam es mir vor, als hinge ich an einer Wand. Dann war das der Everest.

Meine Mutter – Gott habe sie selig – hat oft gesagt: Ein Fußboden sollte so sauber sein, dass man von ihm essen kann. Jetzt versteh ich erst, was sie damit meinte. Ich sterbe hier langsam vor Hunger. Und abgesehen davon, dass ich noch ein altes SNICKERS in meiner Hosentasche gefunden habe, ist mein Fußboden nicht ganz so essenswürdig wie der meiner Mutter.

Vor meinen Augen habe ich so ein Flackern. Ich bilde mir ein, dass ich am ganzen Körper zittere. Das wird wohl der Hunger sein, dabei liege ich doch nur, ich verbrauche doch gar keine Energie. Trotzdem verschwinden manchmal die Farben, und dann kommen sie wieder; das ist alles sehr unangenehm.

Ich bin zu einem Vergnügungspark für Silberfische mutiert. Mittlerweile stehen ganze Familien Schlange, um einen Blick auf mich zu erhaschen. Vorhin krabbelte einer sogar in mein linkes Ohr. Nach fünf Minuten kam er wieder heraus; er hatte wohl nichts Interessantes gefunden.

In den letzten drei Tagen hat mein Handy fünf Mal vibriert. Ich kann es hören, es liegt auf dem Wohnzimmertisch. Beim ersten Mal war es eine SMS. Am nächsten Tag rief jemand an. In den letzten Stunden – waren es Stunden, ich weiß es nicht – klingelte es dann gleich dreimal. Vielleicht war es Annette. Ich hoffe, dass es Annette war, dass sie sich Sorgen macht und an mich denkt. Ich wünschte, Annette wäre meine neue Frau. Das wäre toll.

Jetzt ist auch mein oberes Bein eingeschlafen. Ich bin total entspannt. Das Zittern ist weg. Ich schließe jetzt meistens die Augen. Das ist nicht so anstrengend. Außerdem sind meine Augenlider so schwer.

Gestern – es muss gestern gewesen sein, kurz danach wurde es nämlich dunkel in der Wohnung – klingelte es zwei Mal. Es klopfte an der Tür, einmal zaghaft, danach lauter, energischer. Stille. Die werden mich bestimmt bald holen kommen. Mit der Ruhe ist es dann wohl aus und vorbei. Und die Silberfische werden wieder Angst vor mir haben. Schade. Ich habe langsam gelernt, sie zu unterscheiden.

Ich bin so durstig. Meine Zunge klebt an meinem Gaumen, das SNICKERS war keine gute Idee. Mein Hals ist trocken, so verdammt trocken, dass jeder Bissen ewig gebraucht hat, um die Speiseröhre hinabzuwandern. Ich habe noch nie so bewusst gegessen. Ich will etwas trinken. Und ich könnte mich selbst schlagen, dafür, dass ich den Wasserhahn der Badewanne zugedreht habe, kurz bevor ich im Wohnzimmer umgefallen bin. Sonst wäre das übergelaufene Wasser jetzt bestimmt bei mir angekommen. Angst vor dem Ertrinken hätte ich keine gehabt, das meiste Wasser wäre ja in die untere Wohnung abgelaufen. Aber ich hätte etwas zu trinken gehabt. Zu trinken. Ich müsste nur meine Zunge rausstrecken. Aber es fließt hier kein Wasser. Mein Hals tut so weh.

Ich würde gerne weinen. Ich habe mir bereits alle traurigen Filme, die ich kenne, ins Gedächtnis zurückgerufen, aber es klappt nicht. Es kommen keine Tränen. Wenn welche da wären, könnte ich zumindest versuchen, sie über meine Falten in Richtung meines Mundes zu steuern, wenigstens eine Träne. Vielleicht würde das helfen, vielleicht hätte ich dann nicht so viel Durst.

Eben sah es so aus, als würden sich die Wände hin und her bewegen. Ich schloss die Augen, weil mir schwindlig war, dann öffnete ich sie, es war alles grün und blau, so eine Sekunde lang, und dann sah ich wieder normal. Vielleicht ist der Sauerstoff hier auf dem Everest zu dünn. Ich muss mich festhalten, ich darf nicht abrutschen und fallen. Den Sturz würde ich nicht überleben.

Wenn sie nur damals die Kinder hiergelassen und stattdessen die Anne-Geddes-Bilder mitgenommen hätte. Sie fand doch beides toll. Ich mochte nur die Kinder. Ich darf sie nur noch einmal im Monat sehen. Du hast einen schlechten Einfluss auf sie, sagte sie. Das nimmt die doch alles viel zu sehr mit. Vielleicht sollte ich sie mitnehmen. Einfach in ein Auto steigen und die Kinder mitnehmen. Dann wäre vieles vielleicht nicht einfacher, aber ganz bestimmt schöner. Ganz bestimmt.

Die Silberfische sind weitergewandert. Wahrscheinlich haben sie wie ich Durst, und hier an dieser Stelle in der Wohnung ist es wirklich nicht feucht. Ich kann sie verstehen, auch wenn ich sie vermissen werde. Nehmt mich mit, wollte ich ihnen sagen. Aber aus meinem Mund kam kein Ton. Noch nicht mal ein Krächzen.

Jetzt klopft es wieder an der Tür. Aber diesmal klopft es härter. Machen Sie auf, schreit eine Männerstimme. Geht es Ihnen gut? Hören Sie mich? Hören Sie mich?

Ja. Ich höre ihn. Aber ich kann die Tür nicht aufmachen. Ich kann mich nicht bewegen. Ich kann auch nichts sagen.

Draußen vor der Tür wird es für einen Moment still. Dann kracht es. Und noch einmal. Irgendjemand schlägt die Tür ein. Ich bekomme Besuch.

Es gibt einen Windstoß, ich spüre, wie die frische Luft von außen eindringt. Ein Schauer durchläuft meinen Körper, kurz erfasst er sogar meine eingeschlafenen Beine. Fußgetrappel im Flur, dann stehen mehrere schwere Feuerwehrstiefel vor mir. Geht es Ihnen gut, geht es Ihnen gut, hören Sie mich, können Sie mich hören, geht es Ihnen gut? Vorsicht, Fremde, würde ich gerne zischen. Vorsicht, das ist mein Revier.

Stattdessen versuche ich zu nicken. Zwischen den Feuerwehrstiefeln erspähe ich ein paar Damenschuhe.

Annette geht in die Hocke und streicht mir über das Gesicht. Was machst du nur für Sachen, sie lächelt kopfschüttelnd. Ich lächle zurück.

Sie legt sich neben mich und schaut mir lange Zeit in die Augen. Ich hab mir Sorgen gemacht, sagt sie. Dann sagt sie nichts. Und lächelt nur.

Und ich schaue sie einfach an. Ich würde gern liegen bleiben, sage ich, bewege zumindest meine Lippen, nichts als ein leichtes Krächzen entfährt meinem Mund. Annette versteht mich trotzdem. Ich weiß, sagt sie. Aber das geht nicht. Die werden dich hier nicht einfach so liegen lassen.

Die Feuerwehrleute bringen eine Trage ins Wohnzimmer. Wir werden Sie jetzt ins Krankenhaus bringen. Sie sind völlig dehydriert und ausgehungert, erklärt einer der Feuerwehrmänner, während mir ein anderer eine Infusion anlegt. Ich weiß nicht, was das heißt. Ich habe Durst, sage ich. Aber sie hören mich nicht. Meine Stimme funktioniert noch nicht. Mit einem nassen Schwamm befeuchtet Annette mein Gesicht, meine Lippen. Ich bin froh, dass es sie gibt.

Mit einem Rettungswagen werde ich ins Krankenhaus gebracht. Auf dem Weg dahin massieren die Rettungssanitäter mein linkes eingeschlafenes Bein, das Kribbeln ist unerträglich. Im Krankenhaus meinen die Ärzte, dass es mir in einigen Wochen wieder besser gehen wird. Sie mussten das rechte Bein amputieren. Es war tot. Das linke konnten sie gerade noch retten.

In ein paar Tagen kann ich vielleicht wieder nach Hause. Aber wir behalten Sie erst mal noch hier, als reine Vorsichtsmaßnahme. Bitte bleiben Sie im Bett. Was Sie jetzt vor allem brauchen, ist Ruhe. Ganz viel Ruhe.

Ich verstehe das nicht. Man hat mich aus meiner Wohnung rausgeholt, weil ich lag. Und jetzt, jetzt liege ich schon wieder. Aber jetzt darf ich das. Komische Welt.

Text aus: Anouk, Misha (Vérollet, Mischaël-Sarim): Phantomherz, Paderborn: Lektora Verlag 2005, S. 17–23.

Kommentar:

Ich weiß nicht mehr, wie ich dazu kam, diesen Text zu schreiben. Aber: Das ist der Text, der für mich alles in Bewegung gesetzt hat. Ich erinnere mich, als wäre es gestern, wie Karsten nach dem Slam in Minden zu mir kam und sagte: „Lass uns ein Buch machen." Ohne dieses Buch, ohne Karsten wäre ich nicht da, wo ich jetzt bin. Lektora und Karsten, der nicht nur mein erster Verleger, sondern auch bald schon ein Freund wurde, werden immer einen besonderen Platz in meinem Herzen haben.

Biographie:

Misha Anouk wurde 1981 auf Gibraltar geboren. Er ist einer der umtriebigsten Köpfe der jungen deutschen Literatur, Gewinner unzähliger Poetry Slams in der ganzen Bundesrepublik, Mitglied diverser Autorenkollektive und Herausgeber des Blogs indub.io. Neben „Phantomherz" erschien 2007 sein erster Roman mit dem Titel „Lass uns doch Feinde sein" im Paderborner Verlag House of the Poets. 2009 folgten „Das Leben ist keine Waldorfschule", 2010 der Roman „Warum ich Angst vor Frauen habe" und 2013 der Kurzgeschichtenband „Irgendwas mit Menschen", die beim Carlsen-Verlag veröffentlicht wurden. Im Herbst erscheint sein neues Buch im Rowohlt Verlag. Misha Anouk lebt mit seiner Familie in Wien. Blog: www.indub.io

SANDRA DA VINA
An Tagen wie diesen

Tag 1

Ich menstruiere hart. Ekelhaft! Eine ganze Filmnacht „Saw“ Teil 1–7 könnte nicht im Ansatz audiovisuell rekonstruieren, was sich derzeit in meiner Buxe tut. Vielleicht eine ganze Filmnacht „Saw“ Teil 1–7 und der Kinderklassiker „Die Abenteuer von Elmo im Grummelland“. Aber da bin ich mir nicht so sicher. Fakt ist: Meine Tage kommen immer so überraschend wie Weihnachten und Männer in Pornos. Den restlichen Zyklus bin ich meist davon überzeugt, dass ich auf jeden Fall mit Drillingen schwanger bin. Selbst dann, wenn der letzte Sexualkontakt nur darin bestand, dass ich bei H&M einen noch warmen BH anprobiert habe. Was auch ziemlich ekelhaft ist, wenn man mal drüber nachdenkt. Aber auch ein bisschen kuschelig.

Tag 2

Alles tut mir weh. Einfach alles! Alles – außer meine Augenbrauen. Freunde und Bekannte, die bei Facebook nicht schnell genug offline sind, kläre ich via Instagram über meine körperlichen Leiden auf. In Sepiatönen erreicht der visualisierte Ekel eine neue Dimension. Keine Frage, es geht zu Ende mit mir! Nach zehn Packungen Paracetamol 500 und 18 sorgsam abgezählten

MAOAM-Cola-Krachern (Aufpassen! – Da holt man sich schnell eine Überdosis!) habe ich endlich ein Schmerzlevel erreicht, auf dem ich dem RTL-Abendprogramm wieder folgen kann. Ich fühle mich besser.

Tag 3

Ich fühle mich scheiße. Der Spiegel verrät mir, dass ich hässlich bin. Ich beschließe, ihn nicht mehr zu abonnieren. Ich weine dennoch ein bisschen. Dann fixier ich meine faltige Stirn mit ausreichend Haarspray. Das trocknet auch die Tränen.

Ich gehe zur Arbeit. Ein grober Fehler! Mein Kollege Robert fragt mich im Büro, ob ich meine Tage habe. Ich weiß nicht, wie der darauf kommt. Eben noch hatte ich ein pädagogisches Gespräch mit dem Kopierer geführt, der sich bereits den ganzen Vormittag relativ frech verhalten hatte. Von meinem Geschrei wurde Robert geweckt, in seinem Gesicht hing noch ein verwesendes Stück Schnitzelbrötchen vom Frühstück. Von vor drei Tagen. Und während er mir beim Reden ein olfaktorisches Horsd'œuvre aus panierten Schlachtabfällen entgegenspie, gipfelte mein bürokratischer Unmut in einer kleinen Prügelei mit dem Kopierer. Der Kopierer verlor Tinte, ich ein paar Fußnägel.

„Sag mal, hast du deine Tage?", fragt Robert in alter Drei-Fragezeichen-Manier. Als Nächstes fragt er dann, ob sich jemand mit Brandwunden auskennt. Ich kann mit meinem Taschenfeuerzeug erstaunliche Dinge vollbringen. Habe ich damals in der Zirkusschule gelernt. Grundkurs 4: „Freudenfeuer: Alles kann brennen, außer es brennt nicht!“ Robert konnte brennen.

Tag 4
Trotz reichlicher Routine gestaltet sich der Tamponwechsel wieder ziemlich kompliziert. Vor allem, weil ich ja gar kein Blut sehen kann. Ich mache es einfach wie damals im Matheunterricht und gucke nicht hin. Das vereinfacht die Sache nicht wirklich, liefert aber eine Erklärung dafür, warum es auf Frauenklos immer so aussieht wie am Set von „Haus der 1000 Leichen“. Das war ich.

Tag 8
Die Lage hat sich wieder etwas entspannt. Ich bin beinahe ausgeglichen. Ja, vielleicht schon glücklich. Mein Leben sickert wie das Arte-Vorabendprogramm in sanften Pastellfarben an mir vorbei. Ich lächele debil und frage Robert, ob es seinem verbrannten Arm etwas besser geht. Er grunzt verängstigt. Manchmal glaube ich, dass Robert depressiv ist. Ich schreibe ihm eine Mail mit dem Betreff „Yolo“ und einer liebevollen Auswahl an süßen Katzenvideos auf YouTube. Als Robert in Tränen ausbricht, erfahre ich, dass

sein Lieblingskater Boromir erst gestern vom Bofrost-Auto überfahren wurde. Ich versuche, die Situation zu retten, indem ich Robert ein Video von einem Alpaka schicke, das den Gangnam Style tanzt. Robert mag keine Alpakas. Das macht ihn wieder merkwürdig.

Tag 12

Eisprung. Ich habe gelesen, dass sich Frauen in der Zeit um den Eisprung besonders zu rebellischen und gutaussehenden Männern hingezogen fühlen. Ersteres kann ich bestätigen, ich hatte warme Gefühle in mir, als ich Bilder von Kim Jong-un im Fernsehen sah.

Tag 18

Kaum bin ich aus dem Gröbsten raus, macht sich auch schon das prämenstruelle Syndrom bemerkbar. Mein Leben fühlt sich an wie eine CD von Philipp Poisel. Ich rede auch schon so. Morgens frage ich Robert im Büro, wie ein Mensch das ertragen soll.

Robert fragt: „Was denn?"

Ich sage: „Das Leben, Robert, das Leben."

Robert zuckt mit den Schultern. Ich würde ihm gerne sagen, dass ich heimlich in ihn verliebt bin. Aber das weiß ich selbst erst seit gerade eben. Stattdessen male ich bei Paint blumige Bilder von unseren gemeinsamen Kindern. Ich bin heute ganz schön verträumt, und als Robert sich überraschend von hinten nähert, pupse ich vor Schreck. Das mit den Kindern hat sich damit erledigt.

Tag 23

Heute früh ist mir wieder aufgefallen, wie ausgesprochen scheiße der Robert ist. Das möchte ich ihm gerne zur Begrüßung mitteilen. Weil ich finde, dass ein bloßer Mittelfinger meine empfundene Abneigung nicht hinreichend ausdrücken kann, zeige ich ihm einfach alle meine Finger. Robert missversteht das ein wenig und winkt fröhlich zurück. Es hilft nur noch der Superlativ an körperlicher Beleidigung. Grundloses, effektives, erbarmungsloses Starren. Nach fünf Minuten ist mein rechter Augapfel rosinenförmig eingeschrumpelt und verlässt langsam die Gesichtshöhle in Richtung Robert. Robert hat Angst, dass es gleich zu einem wörtlichen „Blickkontakt" kommen könnte, und verlässt den Raum. Glück gehabt.

Tag 25

Ich bin mir relativ und sehr sicher, dass ich schwanger bin. Immerhin habe ich diesen Monat einige nackte Gedanken an Robert gehabt. Meine fünfzehn extra gekauften Schwangerschafts-Früherkennungs-Tests widerlegen meinen Verdacht zwar, aber im Brigitte-Forum finde ich eine Handvoll alleinerziehender Öko-Muttis, die mir bestätigen, dass sie auch vom bloßen Gedanken an Sexualität schwanger wurden. Wusste ich's doch!

Tag 28
Oha. Ich menstruiere. So ganz ohne Vorwarnung. Das habe ich nicht kommen sehen. Da ist Robert jetzt sicher enttäuscht. Ich werde ihm noch heute davon erzählen. Vielleicht ist er dann auch endlich mal nett zu mir. Wir Frauen haben es nämlich wirklich nicht leicht.

Text aus: Da Vina, Sandra: Sag es in Leuchtbuchstaben, Paderborn: Lektora Verlag 2014, S. 135–140.

Kommentar:

„An Tagen wie diesen" – sicherlich einer meiner poetischsten, bildgewaltigsten Texte. Ich erfreue mich regelmäßig am Feedback des Publikums.

Eine kleine Auswahl beliebter Zuschauerreaktionen:

„Ekelhaft!"

„Den Text zeige ich meinem großen Bruder, dann weiß der endlich mal Bescheid!"

„Die Autorin bekräftigt mich in meinem Vorhaben schwul zu werden."

„Endlich sagt es mal jemand!"

„Leider sagt es mal jemand."
Ich sag mal so: Mir macht es Freude.

Biographie:

Sandra Da Vina (*1989) wohnt in Essen-Süd, mit einem Spielplatz vor der Tür und in ihrem Kopf. Sie ist freie Autorin, studierte Germanistin und seit 2012 auf den deutschen Poetry-Slam-Bühnen unterwegs. Mit „Sag es in Leuchtbuchstaben" erschien im Februar 2014 ihr erstes Buch im Lektora Verlag.

TILMAN DÖRING
wir sind nichts als

wir sind nichts als torkelnd talkende talkmaster
unsrer eigenen show,
verliern den verstand und bleiben stehn vor lau-
ter stopn and go,
geilen uns auf im gogogirlrausch, rauschen vor-
bei und rauchen uns high,
sind im flow und sind frei, doch sind sinnfrei im
flow,
sind nichts als falschbesetzte hauptrollen unsres
eigenen films,
nichts als talg benetzte schaumschollen uns'res
eigenen willns,
wolln zu viel und wolln davon noch mehr,
doch anstatt mit menschen, haben wir mit daten
verkehr.

wir sind nichts als torkelnd trabende cyborgs,
im cyberspace labend an highscores,
definieren im liveporn die peitschnorm,
doch sind blind, und suchend auf allen vieren,
finden wir kein korn,
doch seis drum, energy pumpen bringt doppelte
leistung,
und runden um runden, koppeln wir uns, bis
dann zur scheidung,
als grund dann meistens: kein sex, weil fehlen-
der eisprung,

wir sind durchstrukturiert, organisiert, bis zur
onanie, bis zur verpeilung,
verkeilt und verkabelt auf eisernen pfaden,
reihn wir reifen an reifen, wie streifen an tafeln.

wir sind nichts als torkelnd tanzende traum-
tänzerdronen,
die im morgenlicht wankend kein schaufenster
schonen,
sind auf brautschau im saustall der showgirls,
sind auf haut aus, bis der aufprall uns hoch
wirft,
hochfrequenzartig arten wir aus,
stelln uns zur schau und erwarten applaus.

Text aus: Dörimg, Tilman: Lass uns feiern, Malou, Paderborn: Lektora Verlag 2011

Kommentar:

„wir sind nichts als“, in meinem buch „lass uns feiern, malou“ noch ein fragment, ein sich durch die überschriften hindurch und an den vollendeten versen vorbei windendes expermientelles gebilde, nun in der vorerst fertigen fassung vorliegend. kein anderer meiner texte hat so viele stadien durchlebt wie dieser, kein anderer bot mir so viele fassungen, ein text, an dem mir der spaß bis heute nicht vergangen ist, ein text, an dem ich noch einiges zu schreiben habe. was gut ist.

Biographie:

Tilman Döring, am 16.8.1989 in Leipzig geboren und somit gestandener DDR-Autor. Seit 1995 lebt und arbeitet er in Darmstadt. Seit 2005 ist er als Slam-Poet unterwegs, was ihn zu einem echten Slamurgestein der 2. Stunde und wohl einem der jüngsten alten Hasen der Szene macht.

Es führte ihn von Poetry Slams auf diverse Kabarett- und Theaterbühnen, auf denen er u. a. für das Staatstheater Darmstadt den *Osterspaziergang* aus Goethes „Faust" in eine moderne Fassung bringen und performen durfte. Er war als Gastautor in Liepaja auf den lettischen Literaturtagen geladen und hier und da im Fernsehen zu beobachten. Veröffentlichungen u. a. im Reclam und Lektora Verlag pflastern seinen Weg der letzten Jahre.

Derzeit organisiert und moderiert er verschiedene Poetry-Slams und Kleinkunstreihen im südhessischen Raum: Krone-Slam Darmstadt, Song Slam Darmstadt, Kunst Gegen Bares Darmstadt, Poetry-Slam Lorsch, Song-Slam Lorsch, Poetry-Slam Obernburg.

Eine territoriale Ausweitung des Einflussgebietes steht auf der Agenda.
Zurzeit studiert er Kreatives Schreiben und Kulturjournalismus in Hildesheim.

MICHAEL FEINDLER
Treffen der Generationen

Das Alter spricht zur Jugend:

Ihr denkt, ihr hättet es verstanden
und greift nach einem großen Plan.
Ihr sucht die Welt, die wir nie fanden,
obwohl wir sie als Ziel stets sah'n.

Ihr seid erfüllt von Tatendrang,
in allen Adern spürt ihr Kraft.
Was uns, so meint ihr, nicht gelang,
das wird von euch schon bald geschafft.

Das Ideal, nach dem ihr strebt,
wollt ihr unendlich oft vermehren,
doch wird die Welt, in der ihr lebt,
euch eines Anderen belehren.

Denn eure Ziele sind nicht neu.
Es gab sie schon zu uns'rer Zeit.
Wir folgten ihnen ohne Scheu
und deshalb wissen wir Bescheid.

Vor vielen Jahren haben wir
uns vor dem Zeitgeist aufgebäumt
und haben – ganz genau wie ihr –
von der Vollkommenheit geträumt.

Wir waren jung, wir war'n verwegen
und hatten uns're Zeit im Blick.
Sie schlug uns aber hart entgegen –
wir sind gescheitert; Stück für Stück.

Jetzt geht ihr dort, wo wir einst gingen;
die beiden Bilder sind fast gleich.
Wird *euch*, was uns misslang, gelingen?
Die Chancen stehen gegen euch.

Denn voll von hinderlichen Steinen
ist jener lange Weg zum Ziel.
Bedenkt: Veränderung im Kleinen
bedeutet hier bereits sehr viel.

Ihr denkt, ihr hättet es verstanden.
Wir aber sagen euch: Ihr irrt.
Ihr sucht die Welt, die wir nie fanden
und die man niemals finden wird.

Die Jugend antwortet:

Ihr glaubt, ihr hättet längst gesehen,
was sich an Wissen sehen lässt,
doch muss die Zukunft erst geschehen;
wir zeigen euch: Es steht nichts fest.

Ganz sicher habt ihr viel begriffen
und manchen klugen Satz entdeckt,

ihr habt verbessert und geschliffen –
wir zollen euch dafür Respekt.

Das soll jetzt aber nicht bedeuten,
dass wir euch göttergleich verehren;
denn ständig folgen neue Zeiten.
Man kann nicht bloß vom Alten zehren.

Entwicklung prägt die Lebensleiter,
es wächst ja alles permanent.
Kein Stillstand – immer geht es weiter,
dank dessen, was sich Jugend nennt.

Ein Stein kommt auf den nächsten Stein,
so wird an Künftigem gebaut.
Von Zeit zu Zeit bricht etwas ein,
und Neues folgt, dem man vertraut.

Seht selbst: Wir lassen uns nicht hängen;
der Geist der Jugend will sich regen!
Wir kommen nicht, um zu verdrängen,
stattdessen wollen wir bewegen.

Ein Scheitern steht nicht zur Debatte,
denn selbstbewusst ist unser Plan,
den mancher zwar schon früher hatte,
doch Zweifel stoppen den Elan.

So wird die Welt uns nicht dran hindern,
mit Mut und Kraft nach vorn zu blicken.
Vielleicht wird einmal euren Kindern
der letzte Schritt zum Ziele glücken.

Ihr glaubt, ihr hättet längst gesehen,
was ist und war und kommen wird,
doch muss die Zukunft erst geschehen;
wie wär's, wenn ihr euch diesmal irrt?

Die Weisheit merkt an:

Ihr beide meint, ihr hättet Recht
und streitet fleißig um die Wette
in einem heißen Wortgefecht,
als ob man schon die Wahrheit hätte.

Die Sichten aber sind beschränkt;
so mancher Mensch vergisst in Eile,
wie man den Blick zur Seite lenkt,
das *Ganze* sieht, nicht bloß die Teile.

Denn Teile, wie Erfahrung lehrt,
sind hierbei keinesfalls zu trennen.
Wer's dennoch tut, dem bleibt verwehrt,
Zusammenhänge zu erkennen.

Und war'n euch diese nie bewusst,
ist abzuseh'n, wohin es führt,
wird (ohne Rücksicht auf Verlust)

ein Mechanismus ignoriert.

Gefahren lauern im Beschränken,
wie konsequente Fragen zeigen:
Was nützt dem Alter alles Denken,
will es am Ende lieber schweigen?

Zu welchem Zweck der Jugend Stärke,
wenn sie ums Risiko nicht weiß?
Wozu der Plan für große Werke,
schließt sich letztendlich nicht der Kreis?

Was hat das Alter von den Jahren,
wenn sie im Nachhinein nichts nützen?
Was bringt die Suche nach dem Wahren,
will sie nicht jeder unterstützen?

Die Zukunft dürft ihr nicht verderben;
gleich einem Baum ist sie bedroht:
denn ohne Wurzeln muss sie sterben
und ohne Knospen *ist* sie tot.

Ihr beide meint, ihr hättet Recht
und seid vom Ziel doch weit entfernt.
Alleine bleibt ihr stets geschwächt;
gestärkt ist, wer vom andern lernt.

Text aus: Feindler, Michael: Rufe aus dem Publikum, Paderborn: Lektora Verlag 2009, S. 124–128.

Kommentar:

Bei diesem Text ist ein Blick in die Entstehungsgeschichte ganz interessant: Das erste Drittel entstand im November 2006, die anderen beiden Teile ziemlich genau ein Jahr später. Die Überlegung, einen Perspektivenaustausch zwischen Jugend und Alter in Versen wiederzugeben, bestand also gar nicht von Anfang an. Zunächst einmal fand ich es interessant, mich in die Sichtweise des Alters hineinzuversetzen und eine eher pessimistische Sichtweise auf die junge, nachfolgende Generation einzunehmen. Als ich den Text Monate später wieder herausgekramt habe, weil ich überlegte, ihn auf Slam-Bühnen vorzutragen (das Format „Poetry Slam" habe ich erst 2007 kennengelernt), ist mir in Gesprächen darüber klar geworden, dass ich das Alter nicht ohne Erwiderung stehen lassen kann. Und nach dem Prinzip von These, Antithese und Synthese war die Ergänzung einer vermittelnden und verbindenden Partei zwischen Alter und Jugend die naheliegende Konsequenz.

Biographie:

Michael Feindler, geboren in Münster und aufgewachsen in Wuppertal, brachte schon früh regelmäßig seine Ideen zu Papier. Hierzu zählen vor allem satirische, gesellschaftskritische, humoristische und nachdenkliche Gedichte, die sich in der Tradition von Autoren wie Erich Kästner und Kurt Tucholsky begreifen.

2004 gehörte Michael Feindler zu den Gründungsmitgliedern des Kabaretts „Notbremse“, zudem steht er des Öfteren bei Poetry Slams auf der Bühne und war von 2007–2010 jährlich für die deutschsprachigen Meisterschaften des modernen Dichterwettstreits nominiert.

Inzwischen lebt Michael Feindler in Berlin und studiert Politikwissenschaften, Philosophie und Publizistik an der Freien Universität.

Für seine beiden ersten Soloprogramme „Allein unter Menschen“ und „Dumm nickt gut“ erhielt er diverse Preise. Ende März 2009 erschien sein erster Gedichtband unter dem Titel „Rufe aus dem Publikum“, im April 2013 folgte das Buch zum Kabarettprogramm „Dumm nickt gut“. Seit 2010 gehört der Autor der Celler Schule an.

MARKUS FREISE
19. Februar 2003

Minute 1:

Hey, da hat eben jemand deinen Namen gesagt!

Du ziehst diese 6 Zettel aus der Kladde. Das hast du dir bei den anderen abgeschaut. Jeder hat so eine. Deine ist orange. Dein Küchentisch war orange.

An dem du damals die ersten Gedichte geschrieben hast. Über diese eine da, die dich verlassen hat.

Sie war makellos, diese eine da. Wie die Kladde. Das wird sie nicht bleiben, die Kladde.

Aber das weißt du noch nicht. Sie wird eines Abends Backstage im Theaterhaus Stuttgart liegen, während du vor dem schweren Vorhang fünfhundert Menschen deine Sichtweise der perfekten Liebe erklärst. Love Supreme.

„Dies hier ist Poesie!“

BLÖDSINN!

Das hier ist eine Schlacht!

Aber das weißt du noch nicht. Du bist der Neue. Allein.

Alles, was du jetzt hast, sind die 6 Zettel und das Zittern in deinem linken Knie, das dir sagen will: „Du bist gar nicht alleine, Baby! Das Zittern ist an deiner Seite und das wird dich nie mehr verlassen."

Minute 2:

Mit zwei Fingern klopfst du auf das Mikrofon, sagst: „Hallo ..." und den Namen einer Stadt, in der du noch nie zuvor gewesen bist und die du immer nur im Dunkeln sehen wirst. Von irgendwo hörst du ein Raunen, von der Theke Gläserklappern.

Dein Knie zittert, zuckt noch immer.

Du bist dir sicher, so fühlt sich Espenlaub, und fragst dich, wie das aussieht: Espenlaub.

Süßes Adrenalin dünstet ächzend aus dir heraus. Noch einmal klopfst du auf das Mikrofon. Du wirst lernen: Das ist wichtig. (Kriegsentscheidend!) Das Espenlaub und das Adrenalin.

Minute 3:

Jetzt weißt du das alles noch nicht: Du wirst in irgendeinem McDonald's auf irgendeiner Provinz-Raststätte hocken, tief in der Nacht, und darüber nachdenken, dass du früh raus musst zur Arbeit. Du bist mit den anderen quer durchs Land gefahren, nur um für 7 Minuten hinter ein Mikrofon zu treten. Auf irgendeiner Hinterhof-Bühne. In irgendeinem Kaff. Vor ein Publikum aus 12 Leuten, die dafür 3 Euro bezahlt haben, von denen ihr nicht einen Cent sehen werdet.

Du hattest gedacht, sie würden lachen.

Sie hatten gedacht, du würdest still sitzen bleiben, ihnen was Schönes vorlesen.

Sie haben dich aus ihrer intellektuellen Kuschelecke angestarrt, als wärst du geisteskrank.

Keiner hat geklatscht.

Du bist verwelktes Espenlaub.

Ihr seid die ganzen Kilometer die Autobahn heraufgepeitscht, nach Feierabend, für diese 7 sinnlosen Minuten! Du starrst zurück und denkst:

Vielleicht haben sie ja Recht und du bist tatsächlich geisteskrank.

Du nimmst den Big Mac und beißt hinein. Er ist hölzern kalt. Du bist dir sicher, sie haben Recht.

Minute 4:

Mitten im Text verlierst du die Zeile und die Konzentration. Jemand brüllt:

„HEAVY METAL!“ Alle brüllen: „HEEAAVVYY MEETALLLL!“

Alle sind geisteskrank.

„IHR TICKT DOCH ALLE NICHT GANZ RICHTIG!“

Wir ticken alle nicht ganz richtig.

(Das hier ist Poesie. Poesie ist wundervoll. Das hier ist eine Schlacht.)

Du findest die Zeile wieder. Dein Text fährt fort und alle sind wieder still.

Bis ans Ende.

Jemand sagt: „Schön!“ Du denkst:

„HALT DIE FRESSE! Das ist nicht schön! Du hast ja keine Ahnung, wie zermürbend das hier ist. Ich will ein Bier. Nein: ICH WILL NACH HAUSE! Ihr könnt mich mal. Ihr seid doch alle total bescheuert. LASST MICH IN RUHE!"

Denkst du! Und sagst:
„Danke!"

Minute 5:

150 Worte pro Minute.

5, 6, 7 Minuten sind 1050 Worte.

Dein Notebook knallt dir eine 1.403 auf den Latz.

„9 Minuten", sagt dein Hirn.

„Dann musst du eben schneller lesen, Tigerauge!", steht in 12 Punkt an die Küchenwand geschrieben.

„Ich kann nicht! Dann nuschele ich. Wenn ich schnell bin, schaffe ich 1.250", brüllst du die Mauer an. Wie ein Besessener streichst du also

Zeilen heraus, denkst darüber nach, wie dies und das anders gesagt werden kann.

„FANG DAS HUHN, BALBOA!“, hallt es zurück. Alles muss hineinpassen. Knapper! Ein ganzes Leben. Kürzer! Die ganze Geschichte. Punkt. Dein Herz.

420 Sekunden.

FANG ES!

Du hast doch nur 7 Minuten Zeit. Minute 6:

Was du jetzt auch noch nicht weißt: Du wirst dein Sommermärchen 2006 sein! Was du bis dahin lernen wirst: Dies ist eine Schlacht und keine Poesie.

Poesie ist schön. Poesie ist das Durchatmen am Ende des Staubs und des Krachs. Hier ist der Staub. Heute Abend ist der Krach. Hier ist „HEAVY METAL“! Hier sind alle geisteskrank wie Espenlaub. 150 Worte pro Minute.

1.050 Worte, die du in ihre intellektuelle Kuschelecke kotzt. Hier sind die zitternden Knie. Hier hat jemand seinen Text nicht gelernt. Hier fällt dem Rothaarigen sein Mikrofonständer um. Hier findet das jemand „Schön!“. Hier ... gibt ... es ... keine ... Zeit ... für ... Poesie. Hier ist die Schlacht! All die toten Pferde! Hier ist der Pokal!

Euer Applaus: Unsere Poesie.
Minute 7:
„Danke, Bielefeld!“

Text aus: Freise, Markus: Du gehst da raus und alles wird zu Gold, Paderborn: Lektora Verlag 2009, S. 205–209.

Kommentar:

„Punktsymmetrische Augenblicke“ nenne ich diese Momente, in denen es im Leben ein „Davor“ und ein „Danach“ gibt. Der Abend des 19. Februar 2003 war so einer für mich – der Abend, an dem ich das erste Mal an einem Poetry Slam teilnahm. Das war im Bunker Ulmenwall in Bielefeld. Ich erinnere mich, wie sehr ich innerlich zitterte und wie das niemand bemerkte und wie großartig ich mich fühlte, als ich die Bühne nach meinem Vortrag des Textes „Defibrilation“ verließ. Die Jahre direkt danach waren dann ausgefüllt mit großartigen, unvergesslichen Erlebnissen auf und hinter Bühnen im ganzen Land. Ich fand viele neue, richtige Freunde und hatte die Zeit meines Lebens. Das originale Manuskript des ersten Textes findet sich übrigens als Faksimile in meiner bei Lektora erschienenen Anthologie „Du gehst da raus und alles wird zu Gold“.

Biographie:

Markus Freise, geboren 1971, lebt und arbeitet mit Kind und Kegel sehr gerne im wunderschönen Bielefeld. Am liebsten erzählt er Geschichten. Manchmal mit Worten und manchmal mit dem Bleistift. Manches ist erfunden, einiges gelogen und doch ist das Meiste irgendwie irgendwem so ähnlich passiert.

Veröffentlicht hat er bisher u. a. seine Textsammlung „Du gehst da raus und alles wird zu Gold“ sowie seine Graphic Novel „Zauberspruch für Verwundete“.

In seiner Freizeit steht er gelegentlich als Poetry Slammer auf den Bühnen des Landes oder fiebert mit seinem DSC Arminia Bielefeld um Auf- und gegen Abstiege mit.

MICHA-EL GOEHRE
Das Poetry-Slam-Abc

Anfangen, pünktlich: Die Wahrscheinlichkeit für den pünktlichen Beginn eines Poetry Slams entspricht in etwa der für ein Kamel und einen Kaiserpinguin (beide schwul), Nachwuchs zu zeugen. Slams beginnen meist mit den Worten „Lars Ruppel[1] hat sich noch angekündigt!“ oder „Wir warten noch auf Volker Strübing[2], der ist gesetzter Gast.“ Manchmal auch: „Hat irgendjemand den Moderator gesehen?“[3]

Berlin: Macht sich irgendwie immer gut. Im Zweifelsfall kommt man aus Berlin, dann klappt's auch mit dem Nachbarn.

Comedy: Auch bekannt als „rotes Tuch“. Poetry Slam ist KEINE Comedy. Wirklich nicht. Also auf gar keinen Fall. Ü-ber-haupt nicht! Nein! Nie! Verdammte Scheiße, wir machen Poesie. Comedy ist ja wohl nur Schrott. Und das hat nichts mit Neid zu tun, weil Comedians mehr Geld verdienen. Und ständig im Fernsehen sind. Und ihre Texte auswendig können. Nein, über-

1 Oder: Lasse Samström, Wehwalt Koslowski, Xochil, ...
2 Oder: Gabriel Vetter, Sebastian Krämer, Sushi, ...
3 Oder: „Haben wir überhaupt einen Moderator?“

haupt nicht. Das hier ist ernst. Das ist Literatur. Echt jetzt.

Okay, ich gebe es zu: Witzig sein macht Spaß. Aber es ist KEINE COMEDY.

Dazwischenbrüllen: Poetry Slam ist interaktiv. Das heißt, es ist durchaus erwünscht, dass das Publikum seiner Meinung lautstark Geltung verschafft. Das macht Spaß und gibt dem Ganzen eine demokratische Note. Beliebt sind Ausrufe der Marke „Heavy Metal!" oder „Yeah, gib's uns!" oder der ewig junge Allroundklassiker „Ausziehen!". Unbeliebt macht man sich als Zuschauer beim Poeten eher mit den Worten: „Hey, das kenn ich, das hab ich schon bei Max Goldt gelesen!"

Erster: Bezeichnet nicht den →Sieger, sondern den unbeliebtesten aller Startplätze. Mythen zufolge ist es nahezu unmöglich zu gewinnen, wenn man als Erster ran muss. Das sagen zumindest Slammer, die auf diesem Startplatz verloren haben.

Ficken: Tätigkeitswort: er/sie/es fickt, Passivum: ge-; 1.) in die Tasche stecken; 2.) hin- und herbewegen; 3.) vulgär für Geschlechtsverkehr. Beim Poetry Slam als „Aufmerksamkeitswort" bekannt. Dient zur Belustigung des Publikums und Verdeckung der Tatsache, dass der Text völlig inhaltslos ist. Vergleiche: Hitler, kacken, kotzen, 1. FC Köln oder auch Hitlerkacke kotzen.

GIPS: 1.) Auf Kalk basierende Körperteilummantelung beschädigter Gliedmaßen zwecks Ruhestellung solcher zur Optimierung der Heilungschancen. Als Schreibunterlage höchstens für →Lyrik oder Schüttelreime geeignet, im Falle großflächiger Verbrennungen für Kurzprosa.

2.) Ansonsten ist GIPS die Abkürzung für GERMAN INTERNATIONAL POETRY SLAM, die deutschsprachige Poetry-Slam-Meisterschaft, die jetzt aber nicht mehr GERMAN INTERNATIONAL POETRY SLAM heißen soll, weil die Organisatoren des GERMAN INTERNATIONAL POETRY SLAM der Meinung sind, GERMAN INTERNATIONAL POETRY SLAM wäre ein viel zu langer Name und man sollte doch etwas Griffigeres als GERMAN INTERNATIONAL POETRY SLAM finden, damit man nicht ständig GERMAN INTERNATIONAL POETRY SLAM sagen muss, wenn man sich über den GERMAN INTERNATIONAL POETRY SLAM unterhält oder den GERMAN INTERNATIONAL POETRY SLAM im Netz googelt. Deswegen heißt der GERMAN INTERNATIONAL POETRY SLAM halt nicht mehr GERMAN INTERNATIONAL POETRY SLAM, sondern einfach nur noch „Slam“.

Hilfsmittel: Völlig unerlaubt. Als Hilfsmittel gelten Verkleidungen, Tiere (gilt nicht bei →Teams), Musikinstrumente, Eigenamputationen sowie Schusswaffen. Coolere →MCs sprechen dann von „No props". Radikalen Slamisten geht das noch nicht weit genug; sie fordern den völligen Verzicht auf jegliche Hilfsmittel, wie Mikros, Texte oder Stimmbänder sowie die völlige Verhüllung der Poeten. Es bleibt abzuwarten, ob sich derartige Forderungen durchsetzen können.

Intuition: Erfahrene Slampoeten kommen in einer Stadt an, gehen in die Lokalität, wo der Slam stattfindet, sehen das Publikum an und wissen haargenau, welchen Text sie machen müssen, um zu gewinnen, wie sie ihn anmoderieren, wie sie Pointen, Reime oder Schockmomente liefern und ob sie den Bad Guy oder das Sensibelchen geben müssen. Sie spielen auf dem Zuschauer wie auf einem Instrument, das sie seit Jahren spielen. Aber warum zum Teufel fliege ich dann in der ersten Runde raus? Haben doch alle keine Ahnung!

Jury: Beim Slam entscheidet in der Regel das Publikum über den Sieg. Meistens geschieht das anhand einer handverlesenen Gruppe, die per Wertungstafeln Punkte verteilt. Das hat den großen Vorteil, dass es nicht so anonym zugeht wie bei einer Applausabstimmung. Als Slammer kann man sich die Gesichter der Jury merken und in Einzelfällen nach dem Slam auf dem Parkplatz noch mal ausdiskutieren, was zur Hölle diese verschissenen mageren drei Punkte für die Performancewertung sollten.

Kritikfähigkeit: Es geht das Gerücht um, dass Poetry Slammer keine Kritik vertragen können. DAS STIMMT NICHT, DU ARSCH!

Lyrik: Wenn ernst gemeint: Ziemlich sicheres Mittel, um sich schon in der Vorrunde rauszukegeln. Ansonsten ein sicheres Mittel, um sich bei MIR unbeliebt zu machen, weil man sich entweder auf einer Kölschen Karnevals-Prunksitzung wähnt oder sich mit blumenbewehrten Hausfrauenfantasien konfrontiert sieht.

MC: Heißt eigentlich *Master of Ceremony* (engl.), kann im Fall Poetry Slam allerdings nicht so gemeint sein. Vielmehr handelt es sich um diejenigen, die den ganzen Scheiß organisieren, sich Sorgen um die Finanzierung machen, Flyer verteilen, Slammern ins Rektum kriechen, damit diese sich herablassen, dort anzutreten, und zur Belohnung dürfen die armen Schweine dann nicht mal mitmachen. Aus lauter Rachedurst tun die meisten MCs dann so, als könnten sie nicht moderieren.

Nörgler: Der Nörgler ist der lautstarke Möchtegern-Systemkritiker, der halbwegs anonym aus der dritten Reihe seinen unqualifizierten Protest über Vortrag, Wertung und Moderation zum Besten gibt. Er kann nicht nachvollziehen, warum dieser unbegabte Neuling eben 10 Punkte für den Vortrag bekommen hat, fragt den →MC, ob es denn auch ohne Stottern geht, und bemängelt den beschissenen Sound und die Getränkepreise. 90 % der Querulanten sind Slammer, die wegen zu vieler Anmeldungen rausgelost wurden.

Opferlamm: Nein, es geht nicht um das Catering für Poeten und auch rituelle Voodoo-Praktiken (→Hilfsmittel) sind hier nicht Thema. Als Opferlamm bezeichnet man den Dichter, der vor Beginn des Slams die Leute anheizen soll. Meistens greift er oder sie dabei auf Lyrik oder ernste Prosa zurück, da er oder sie sich ja nicht im Wettbewerb befindet und auch mal zeigen will, dass er oder sie nicht immer einen auf lustig machen muss, um zu unterhalten. Meistens geht das ziemlich in die Hose, weil auch irgendwie noch keiner zuhört, sodass der →Erste immer noch der Gekniffene ist. Bisweilen erwägt man in solchen Situationen dann doch, den Begriff des „Opferlamms" etwas handfester zu gestalten.

Performance: Gutes Mittel, um Schwächen des vorgetragenen Textes auszugleichen. Performance beinhaltet Aktivitäten wie wildes Gestikulieren, Rumbrüllen, volles Mett vor Steinsäulen rennen, Bier über den eigenen oder andere Köpfe schütten und Selbstverstümmelung. Tanzen ist ebenfalls erlaubt, sieht aber scheiße aus.

Quasselstrippe: „Ja, hi. Ich freu mich sehr, hier zu sein. Ich bin ein bisschen nervös, also seht es mir nach, wenn ich ein wenig zitterig bin. Und ich bin auch leicht erkältet. Der Text, den ich heute mache, ist eher nicht so lustig, aber ich finde, es muss ja auch nicht immer witzig sein, und ich möchte ihn meiner Freundin widmen, die sitzt da hinten. Eigentlich ist es auch kein richtiger Text, eher so eine Art Erfahrungsbericht. Sag mal, kann man das Mikro irgendwie ein bisschen höher machen? Oh, cool, danke. Könnt ihr mich so verstehen? Geht das? Gut. Also, wie gesagt, der Text ist für meine Freundin und eigentlich geht es um etwas, das ich wirklich erlebt hab, und es ist auch kein eigenständiger Text, sondern Teil meines ersten Romans, an dem ich schreibe. Bin ich wirklich laut genug? Hier oben höre ich irgendwie gar nichts. Ich sehe auch nichts, weil die Scheinwerfer einem hier genau ins Licht leuchten. Na ja, Hauptsache, ich kann den Text lesen. Oh, mir fällt gerade auf, dass ich die erste Seite an meinem Platz vergessen habe. Schatz, kannst du mir die grad mal nach vorne bringen? Einen Moment bitte ... Danke. Ich sagte ja bereits, dass der Text nicht lustig ist, es wäre halt schön, wenn ihr mir nicht →dazwischenbrüllt. Ist nicht böse gemeint. So. Mann, ist das warm durch die Lampen. Erst mal noch einen Schluck trinken, Prost. Also, so richtig passt das immer noch nicht mit dem Mikro. Egal. Ich fang dann mal an. Wie bitte? Was soll das heißen, Zeit ist vorbei?"

Regeln: Der Grundstein eines jeden Wettbewerbs, um die Chancengleichheit für jeden Teilnehmer zu wahren. Elementar beim Poetry Slam sind die Verfügungen über Lesezeiten und →Hilfsmittel, damit alle die gleichen Bedingungen haben und um jedwede Diskussion von vorneherein auszuschließen. Zumindest so lange, bis das angetrunkene Publikum „Weiter!" oder „Lass ihn doch!" gröhlt.

Sieger: Wir slammen nicht gegeneinander, wir slammen miteinander. Beim Poetry Slam zählt der olympische Gedanke: Gewinnen ist nicht alles, dabei sein ist, was zählt. Solche Sätze werden vornehmlich von Siegern formuliert. Allen anderen ist klar: Gewinnen ist nicht alles. Dabei sein und siegen, darauf kommt es an!

Teams: Die so ziemlich sinnfreiste Form des Poetry Slammings, vermutlich aus dem sportiven

Gedanken heraus geboren. Warum auch immer. Aber im Gegensatz zu Tennisspielern, Minigolfern oder Kegelfredies sind Poetry Slammer nun mal die einsamen Hofhunde und ein Zusammenspiel wie in einer Band will ein geübtes sein. Aber die seltenen Gelegenheiten für Slamteams sind meistens nur die →GIPS und komischen Workshops. Das ist unter anderem der Grund, warum sich die Teams meistens gefühlte zwanzig Stunden vor ihrem Auftritt formieren und dann versuchen, im →Vollrausch Texte zusammenzuschrauben.

Ursachenforschung: Lieblingshobby von Poetry Slammern, die in der ersten Runde rausfliegen.

Vollrausch: Für einen Großteil der Poetry Slammer ein natürlicher Zustand. Slammer, die sich nicht regelmäßig abschießen, um die dämliche Wertung der →Jury zu überwinden, bezeichnet man auch als „Profis".

Workshops: Wo immer sich eine Bewegung als Teil der Jugendkultur und Pop-Phänomen zu etablieren beginnt, da findet man sie: die Workshop-Intifadas. Pädagogen, Leiter von Häusern, die kirchlichen oder sozialen Vereinigungen nahestehen, und Lehrer, die mit der Begründung „zu weich" von Waldorffschulen geflogen sind.

Manchmal sind es aber auch einfach nur Vermieter, die sonst ihre Räume nicht vermietet kriegen. Und wenn solche Leute zusammenkommen, dann findet mit hundertprozentiger Sicherheit Wochen später ein Workshop statt. Und weil sie von nichts eine Ahnung haben, holen sie sich sogenannte „Experten“ ins Hause, sprich: diejenigen, welche bei Google als Erste angezeigt werden. Und die vermitteln in den nächsten Tagen und Wochen dann zahlungsfähigen Besserverdienerblagen, dass es beim Poetry Slam vor allem auf Spontaneität ankommt.

Und jetzt seien wir doch mal ehrlich: Letzten Endes sind wir doch alle Schweine und vor allem orientiert am Wettbewerb. Wer also sollte, bitte schön, jemand anderem beibringen, wie man selbst niedergerungen werden kann?

Xylophon: Unerlaubtes →Hilfsmittel bei Slams, erlaubtes Hilfsmittel, um den Buchstaben X in dämlichen ABC-Guides mit Inhalt zu füllen.

YPS mit Gimmick: Die Urzeitkrebse haben immer infernalisch gestunken und das Agentenset gilt beim Poetry Slam als unerlaubtes →Hilfsmittel.

Zuschauer: Auch bekannt als „notwendiges Übel“. Der durchschnittliche Zuschauer weiß sowieso nicht zu würdigen, was der Slammer macht, weil er ja auch per se verdammt noch mal keine Ahnung hat. Außerdem klatschen Zuschauer meistens für die Falschen. Der Zuschauer ist für den Poetry Slammer in etwa das, was das gemeine Haushuhn für den H5N1-Virus ist.

Letzten Endes geht es halt nicht ohne, denn das beste Geräusch der Welt kommt halt von den Zuschauern, in dem Moment, wo der Poetry Slammer sagt: „Danke."

Text aus: Goehre, Micha-El: Wenn das Leben eine Party ist, sucht mich in der Küche, Paderborn: Lektora Verlag 2009, S. 161–168.

Kommentar:

Eigentlich war das Poetry-Slam-ABC nur eine selbst gestellte Fleißaufgabe, um was im Internet zu posten. Dass er sich zu einem recht beliebten Text gemausert hat, den viele Leute teilen und verschicken, um Slam zu erklären, freut und erstaunt mich gleichermaßen. Und auch wenn sich die Szene stark verändert hat, ist der Text inhaltlich immer noch ziemlich up to date. Slam bleibt Slam, Hype hin oder her.

Biographie:

Micha-El Goehre, Autor, Poetry Slammer und DJ. Liest auf Slams, Lesebühnen und sehr lauten Festivals. Zuletzt veröffentlicht: die Heavy-Metal-Romane „Jungsmusik“ und „Höllenglöcken“ sowie das satirische Lexikon „Monster, Monster“. Im November 2014 erscheint die Textsammlung „Wenn das Leben kein Ponyhof ist, warum liegt dann Stroh in der Ecke?“. Gewinnt keine Preise, dafür an Erfahrung.

facebook.com/mgoehre

DAVID GRASHOFF
Stell die Welt auf den Kopf

Dein ganzes Leben lang musstest du dir anhören, wie du dich zu verhalten hast.

Steck das nicht in den Mund! Spring nicht vom Beckenrand! Iss deinen Teller leer! Fass das nicht an! Lass die Finger bei dir! Geh zur Schule! Mach keinen Ärger! Trink nicht zu viel! Steh jetzt endlich auf! Nimm bloß keine Drogen!

Das darfst du nicht!

Doch damit ist es jetzt vorbei. Du bist dein Gott. Du kannst entscheiden.

Stell die Welt auf den Kopf, stülpe sie um, mach sie zu deinem Spielplatz.

Sei verrückt, raste aus und brich alle Regeln. Schaff dir Momente, die in Erinnerung bleiben.

Mach aus deinem Leben ein Fotoalbum der Entgleisungen.

Renne Wände ein, baue sie wieder auf und renne von der anderen Seite dagegen.

Lache, wenn andere weinen, und weine einfach drauflos, wenn du an der Ampel stehst.

Spring von einem Bordstein und brich dir die Beine.

Nuckel im Bus an deinem Daumen.

Hau dir eine Flasche Jägermeister rein und fahr dann eine Runde Achterbahn.

Nenn jeden, mit dem du sprichst, mindestens eine Stunde lang „Rainer“.

Reiße irgendeinem Spacken seine Ed-Hardy-Kappe vom Kopf und prügel so lange damit auf ihn ein, bis sich in seinem degenerierten Hirn so etwas wie Geschmack einstellt.

Geh in den Dortmunder Fanblock und singe das Schalke-Lied.

Schnorre die Penner am Bahnhof an.

Wenn du im Büro die Toilette benutzt, lass alle Türen auf und stöhn schön laut, damit alle was davon haben.

Zieh dir bei McDonald's ne Line Parmesan-Käse rein.

Geh in den Zoo und bewirf die Affen mit deinem Kot.

Beende jeden Satz mit „Amen" oder „Das habe ich in meiner Vision gesehen".

Biete der Polizei deine Dienste als Geheimagent an.

Frage die Menschen auf der Straße, welches Geschlecht sie haben.

Sammle auf öffentlichen Toiletten Schamhaare und häkle daraus einen Topflappen.

Laufe rückwärts gegen den Strom.

Stell die Welt auf den Kopf, heb sie aus den Angeln, forme sie nach deinen eigenen Wünschen.

Werde Poetry-Slammer und mach die Welt zu einem besseren Ort.

Fünf Minuten hast du Zeit.

Fünf Minuten, in denen du als Künstler deine Message an den Mann bringen kannst.

Fünf Minuten, in denen du einen Slamtext vortragen kannst, der Israel und Palästina vereint.

Einen Slamtext, mit dem du eine Miss-Wahl gewinnen könntest.

Einen Slamtext, der dir zur Weltherrschaft verhilft.

Einen Slamtext, nach dem Putin endlich versteht, was eine echte Demokratie ist.

Einen Slamtext, so traurig, dass sogar Chuck Norris weinen muss.

Ein Text, so schön, dass er Kriege beenden und Sekten zerschlagen kann.

Einen Text, der Aids, Krebs und Alzheimer heilt.

Einen Text, der Ed Hardy, Unisex-Friseure und Apple in den Ruin treibt.

Einen Text mit mehr Tiefe als der Mariannengraben.

Einen Text, bei dem sogar die Sprechpausen zum Nachdenken anregen.

Einen Text, der von den Coen-Brüdern verfilmt wird und Stephen King zu einem neuen Roman inspiriert.

Einen Text, der alle Frauen hier so wuschig macht, dass alle Männer hier heute Abend endlich wieder Sex haben werden.

Einen Text, der nachträglich in die Bibel reingeschrieben wird.

Einen Text, der dafür sorgt, dass Bärte nicht mehr kratzen und Schamhaare sich anfühlen wie Katzenfell.

Einen Text, der bei YouTube an einem Tag so viele Aufrufe hat wie der beschissene niesende Pandabär in drei Monaten.

Einen Text, der die Welt auf den Kopf stellt.

Stell die Welt auf den Kopf, übertrete Grenzen und stecke sie neu ab.

Sei laut, frech und unberechenbar. Überrasche dich selber.

Scheiß auf Political Correctness, kämm dir die Haare gegen den Strich und sei aus Prinzip dagegen.

Hetze Rechtsradikale durch die Stadt.

Kauf dir hundert Ausgaben von „Mein Kampf“ und verbrenne sie öffentlich.

Geh in ein Fitnessstudio und beobachte den fettesten Typen dort, während du Chips und Cola in dich reinstopfst.

Laufe mit einer Waffe in der Hand durch die Stadt und singe mit einem irren Blick: „Ich mach mir die Welt, wie sie mir gefällt!“

Geh in ein vegetarisches Restaurant und bewirf die Gäste mit Hackfleisch.

Wechsle jeden Tag deine Religion.

Wechsle dafür einen Monat lang deine Unterwäsche nicht.

Lass dir von Christiano Ronaldo ein Kind machen und kassiere 17 Millionen dafür.

Verkleide dich als Sensenmann und schlurfe bedächtig durch ein Altersheim.

Gehe zu den Zeugen Jehovas und überzeuge sie vom Buddhismus.

Schreib das Doktor-Sommer-Team an und erzähle ihnen, dass du vom Küssen schwanger geworden bist.

Spreche einen ganzen Tag lang nur in Reimen.

Geh in die Stadtbibliothek und tu so, als hättest du das Tourette-Syndrom.

Begrüße gleich die Dame hinterm Tresen mit einem zünftigen:

„DU DRECKSVERFICKTE HURENSCHLAMPE!"

Scheiß einfach darauf, was die anderen von dir denken.

Tue, wozu immer du Lust hast.

Hab Spaß und genieße es.

Du hast nur dieses eine Leben.

Mach was draus.

Text aus: Grashoff, David: Sackaffen, Paderborn: Lektora Verlag 2012, S. 16–21.

Kommentar:

Als ich ein junger Kerl war – damals lebte Kurt Cobain noch und die Mauer war gerade erst gefallen –, wollte ich ein Rockstar werden. Mein Traum war es, auf der Bühne zu stehen und dem Publikum die Ungerechtigkeit der Welt und mein ganz persönliches Leid (also was man so als Leid betrachtet, wenn man als Mittelstandskind wohlbehütet aufwächst) ins Gesicht zu brüllen. Leider bin ich in etwa so unmusikalisch wie ein Frühstücksbrett und ich musste schnell einsehen, dass eine Karriere als Musiker mir wohl für alle Zeiten vorbehalten bleiben würde. Als ich gefühlt Jahrtausende später mit dem Slammen anfing, wollte ich einen Text schaffen, mit dem ich dieses nie gekannte Rockstar-Gefühl auf der Slam-Bühne emulieren konnte. Und was eignet sich da besser als ein Aufzählungstext, der eine gewisse Rhythmik besitzt und den man in einem rockähnlichen, aggressiven Tempo raushauen kann? „Stell die Welt auf den Kopf" ist mein kleines Rock 'n' Roll.

Biographie:

David Grashoff verbrachte einen Großteil seines Lebens als Nerd, bis er eines Tages erkannte, dass er ganz gut mit Buchstaben kann. Er schrieb seine ersten kurzen Texte als Teenager, was aber meist dazu führte, dass die Mädchen seiner Jahrgangsstufe das „Nein“ ankreuzten. Seit geraumer Zeit tingelt er als Slammer und Comedian durch die Nation, um dem Publikum mit seinen schrägen und bedingt jugendfreien Texten ein heiteres Lächeln ins Gesicht zu zaubern. David Grashoff lebt mit seiner Frau und zwei Kindern in Wuppertal.

MARIAN HEUSER
Er so – Ich so

Letztens hat mich einer angequatscht.
Er so:
„Sag mal, bist du nicht beunruhigt?“
Ich so:
„Nö. Sollte ich?“
Er so:
„Ja, überleg doch mal:
Eurokrise,
Klimakrise,
Terrorgefahr.
Mangelnde Menschenrechte
von Peking bis Teheran.
Denn auf Guantanamo, in Tibet
und erst recht im Nahen Osten,
Menschenrechte sind wie Flüchtlinge vor Assad
auf verlorenem Posten
Und der Westen, er verurteilt’s,
doch er hilft nicht auf die Schnelle.
Nur wenn’s hoch kommt, schickt er Waffen
an Oppositionelle.

Das heißt Munition für Frieden,
weil man dann glaubt, dass man im Soll ist.
Seit wann hilft Krieg der Macht des Volkes, die
scheinbar nirgendwo gewollt ist?

Und wenn's in Russland und Iran auch mal
Wahlen gibt,
ist das in Wahrheit wie die Auswahl zwischen
Krieg und Suizid,
zwischen ‚kein Gewinn' und Nieten
zwischen Cholera und Pest,
denn zur Wahl steh'n Alt-Eliten
und der Rest hat Hausarrest."

Ich so:
„Jo, kann sein, und was geht mich das an?"
Er so:
„Ja, dann mach dir halt Gedanken
wegen Niedriglohnarbeit.
Und wenn es dafür nicht mehr reicht
wegen Arbeitslosigkeit.
Denk an Pestizid, Herbizid
und Kohlenmonoxid,
durch den Abbau von Bauxit
für Profit,
nach dem Raubbauprinzip.
Denn all das pusht die Erderwärmung,
darauf ist Verlass,
bei paralleler Rodung
des gesamten Amazonas
für Genmais und Genfleisch,
das wir längst schon essen,
als hätten wir jemals eine Wahl besessen.
Und im Namen der Menschheit,
die wir dadurch bedrohen,

züchten wir uns selbst das Ende,
durch Manipulation
und schaffen so Tatsachen
in der Evolution,
mit Bumerangeffekt,
und der wird kein' von uns verschon'!"

Stille ...

Ich so:
„Bist du jetzt fertig? Sorry, ich poste gerade ein paar Bilder bei Facebook und muss mich konzentrieren."
Und er so:
„Ja, mach das mal besser!
Denn das Netz ist wie ne Kirmes,
du musst dich konzentrieren.
Vielleicht hast du nichts zu verbergen,
doch ne Menge zu verlieren.
Denn im Netz bist du schnell nackt
und dank Facebook bist du nackter.
Komm, schreib dein Leben in die Chronik
und ich leg's für dich ad acta.
Hör auf zu posten, dass du atmest,
als wäre das ne Kunst.
Big Brother muss man fürchten,
doch du buhlst um seine Gunst."

Ich so:
„Soll ich dich adden?"

Er so:
„Ist das alles, was du dich fragst?“

Und ich so:
„Nein.
Es gibt ganz andere Fragen,
die mich in diesen Tagen plagen.“

Er so:
„Und welche?“
Ich so:
„Wird Schimmelkäse schlecht?
Und sieht man’s ihm noch an?
Und wenn man sich zweimal halbtot lacht,
was passiert denn dann?
Warum kommt Coffee jetzt aus ToGo?
Wozu soll das führen?
Und warum haben 24-Stunden-Läden
überhaupt Schlösser in den Türen?

Und verrate mir:
Warum lassen offene Menschen eigentlich mehr zu?
Solche Fragen lassen mir keine Ruh.“

Er so:
„WAS?! Ist dir dein Gehirn denn überhaupt nichts wert?“
Und ich so:

„Aber wenn Schwimmen doch schlank macht,
was macht so ein Blauwal dann
verkehrt?"

Da ist er total ausgerastet. Er hat geschrien, wie wild auf mich eingeschlagen und ist dann, nach einer gefühlten Ewigkeit, glücklicherweise von ein paar aufmerksamen Passanten überwältigt worden. Kurz darauf traf dann auch die Polizei ein und hat ihn abgeführt.

MONOLOG:
Tja, manchen kann man halt nicht helfen …
Der Typ war so beschränkt,
er kam in die Anstalt,
nur, weil er zu viel denkt.
Mich für dumm zu halten,
das hat mich leicht gekränkt,
doch im Prinzip ist er selbst schuld,
wenn er mich so verkennt.

Denn ich genieß mein Leben,
während er seins bloß verschenkt.
Vom zu viel Hinterfragen
wirst du dir selber fremd.

Ja, ich werd niemals der sein, der in Idealen sich
verrennt,
denn gegen zu viel Hinterfragen bin ich resistent.

Mein Wecker klingelt täglich
und ich hab jeden Tag verpennt.
Die Signale überhör ich
und zwar konsequent.

Ich verlass mein Bett nicht,
nicht mal, wenn es brennt.
Die Gefahren red ich klein
und das permanent.

Denn Fakten zu ignorieren,
das ist mein größtes Talent.
Und klug ist doch nur der,
der seine Dummheit selbst erkennt.

Text aus: Heuser, Marian: Seifen ändern dich, 2. überarb. Aufl. Paderborn: Lektora Verlag 2013, S. 45–50.

Kommentar:

Bei „Er so – ich so" treffen zwei zum Scheitern Verurteilte aufeinander. „Er", der über all das Schlechte in der Welt informiert ist und immerzu daran denken muss, und „Ich", der nichts weiß und nichts wissen will. Aus dem Versuch eines Dialoges wird rasch ein offensichtliches Aneinander-Vorbeireden, ohne Empathie und Respekt des jeweiligen Gegenübers. „Ich" geht jede Ernsthaftigkeit ab und „Er“ scheint an der selbstverordneten Freudlosigkeit zu ersticken. Eine Geschichte über Dialog und Monolog, die in der ernüchternden Erkenntnis gipfelt, dass Klugheit wohl lediglich die Reflexion der eigenen Dummheit beinhaltet.

Biographie:

Marian Heuser (*1984) betrat erstmals 2008 die Bühnen seiner Wahlheimat Münster und bestritt bei seinem fünften Auftritt bereits das Finale der NRW-Meisterschaft im Poetry Slam. 2012 wurde er niedersächsisch-bremischen Meister in Osnabrück. Seit 2010 organisiert und moderiert er mit „World of WORDcraft“ auch einen Slam in seiner Heimatstadt Lüdenscheid. Die Nähe zum Ruhrgebiet hat ihn geprägt und verleitet ihn immer wieder zu musikalischen Ausflügen in die Rapmusik, aber auch im Reggae und Minimal hat der Bühnenliterat eine musikalische Heimat gefunden. Darüber hinaus arbeitet er als freier Sprecher und Texter sowie als Foto- und Videokünstler. Seit 2011 ist Marian Heuser außerdem als Workshopgeber im Einsatz.
www.marian-heuser.de

BJÖRN HÖGSDAL
Leben Rewinded

Es kommen Männer und sie graben ein Loch und legen Knochen hinein. Sie füllen das Loch wieder mit Erde – und das war es dann. Für eine lange Zeit. Doch: Der Samen ist gepflanzt! Maden nahen in Scharen, würgen Fleisch hervor und spinnen einen Leib um das Skelett und drum herum entsteht ein Sarg – ganz aus dem Nichts. Und dann kommen wieder Männer, und sie graben den Sarg aus und es hat sich ein ganzer Mensch darin gebildet und das bist: Du! Sie graben dich aus, einige Tage vor dem Datum mit dem Kreuz auf dem Grabstein über dem Loch. Auch dein Name steht drauf und so wirst du nun heißen: Horst Müller. Sie nehmen dich aus der Kiste und sie legen dich in ein Bett und ein Mensch weint daran, aber als du anfängst zu atmen und die Augen öffnest, hört er auf. Er heißt Kurt Müller. Kurt nimmt dich mit, zu sich nach Hause, kümmert sich um dich, wäscht und füttert dich. Aber bald schon kannst du mehr und mehr alleine, weißt viele Dinge und wirst selbstständiger. Du beginnst, das Stück Erde mit deinem Grabstein darauf wieder häufiger zu besuchen, denn auf dem Stein steht noch ein Name: Susi Müller, geborene Meier und nach einiger Zeit holt ihr die Frau feierlich aus der Erde und sie kommt zu sich und ihr lebt zusammen, in einem eigenen Haus, ohne den Menschen, der sich um dich gekümmert hatte, den Kurt. Bald beginnst du, in einer hohen Position für eine Firma zu arbeiten und arbeitest dich langsam herunter bis zum Lehrling und dann wirst du entlassen. Deine Frau Susi wird dabei immer knackiger und attraktiver, aber nach einer Weile zieht der Mensch, der sich zu Beginn deines Lebens um dich kümmerte, der Kurt, der zieht bei euch ein. Kurt wird immer kleiner und kleiner und jetzt musst *du* dich um *ihn* kümmern. Eines Tages, der Mensch da, der Kurt, der schreit nur noch. Da bringt ihr ihn weg. Ihr fahrt zusammen ins Krankenhaus und ein Arzt schiebt den inzwischen winzig gewordenen Menschen, den Kurt, den schiebt der Arzt in einer langen und schmerzhaften Prozedur tief in deine schreiende Frau hinein. Sie hat davon einen völlig aufgeblähten Bauch, der aber glücklicherweise mit der Zeit wieder abschwillt. Als der Bauch nur noch halb so groß ist, feiert ihr in einer Kirche ein sehr förmliches Trennungsritual, in Frack und weißem Kleid, mit der ganzen Familie. Der Kugelbauch verschwindet schließlich ganz und du schläfst mit deiner Susi in einem Golf GTI auf dem Parkplatz einer Großraumdiskothek. Sie pumpt Sperma in deinen Penis und bald danach geht ihr zurück in die Disko und trennt euch für immer, die Susi und du. Ihr seht euch nie wieder und du denkst dann überhaupt nicht mehr an sie und ziehst bei ganz anderen Leuten ein, die du auch vor einigen Jahren auf dem Friedhof hast ausbuddeln lassen. Eine Weile entwickelst du einen enormen Sexualtrieb, um ihn schon kurz danach völlig zu verlieren, hängst aber vor allem in der Schule mit deinen Freunden rum und interessierst dich längerfristig mehr und mehr für Spielzeug. Du schrumpfst auf weniger als halbe Größe und musst bald gar nicht mehr in die Schule. Vormittags gehst du jetzt in diesen Kindergarten, wo sie nur noch spielen. Aber nicht für lange. Dann bist du die ganze Zeit zu Hause, redest immer weniger und seltener und dein letztes Wort ist „Mama", bis die Sprache ganz verstummt und in Gebrabbel übergeht. Statt zu sprechen, schreist du jetzt nur noch und pumpst Milch aus deinen Backen in die Brüste deiner Mutter. Zuletzt fahrt ihr wieder ins Krankenhaus, aber dieses Mal wirst *du* von einem Arzt tief in die Vagina deiner Mutter gestopft. Eine Weile ist es dunkel, aber warm und friedlich. Dann schrumpfst du zum Zellhaufen zusammen. Du teilst dich in eine Eizelle – und in ein Spermium. Und dann ist dein Leben vorbei.

Text aus: Högsdal, Björn: Hätte ich Deutsch auf Lehramt studiert, wäre das nicht passiert, Paderborn: Lektora Verlag 2010, S. 192–194.

Kommentar:

Leben Rewinded – das ist ein Text, der für mich ein Meilenstein war, es gibt Menschen in der Szene, die mich erst ab diesem Text auf dem Zettel hatten. Ich verdanke diesem Text viel, auch wenn ich natürlich nicht der erste Mensch in der Literaturgeschichte war, der ein Leben rückwärts erzählt hat. Skurril war, dass jeder, der mich darauf ansprach, ein anderes Beispiel hatte, wo das schon mal gemacht wurde, von Götz Widmanns Lied „Von der Bahre bis zur Wiege“, über Ilse Aichingers „Spiegelgeschichte“ und ein Volk in der unendlichen Geschichte von Michael Ende, das alt geboren wird und jung stirbt. Und dann kam der Film „Der seltsame Fall des Benjamin Button“. In der Folge habe ich den Text ein paar Jahre nicht mehr gelesen, weil immer wieder jemand meinte, ich hätte die Idee dort geklaut. Mittlerweile macht es wieder Spaß, ihn zu lesen.

Biographie:

Björn Högsdal wurde 1975 in Köln geboren und lebt heute als Autor und Kulturveranstalter in Kiel. Er ist mit Leib und Seele Poetry Slammer, neben seinen Bühnenauftritten reist er für Lehrerfortbildungen und Poetry-Slam-Workshops durch Deutschland und ganz Europa.

2002 gründete er die Kulturagentur assemble ART, die sich zum größten Veranstalter für Spokenword-Lesungen und Poetry Slams in Norddeutschland entwickelt hat. Er ist Preisträger verschiedener Literaturwettbewerbe sowie Sieger unzähliger Poetry Slams in Deutschland, Österreich und der Schweiz und führt seit 2006 sowohl im deutschsprachigen Raum als auch im Auftrag des Goethe-Instituts in Izmir/Türkei sowie Polen, Dänemark und Frankreich Workshops und Fortbildungen zum Thema Poetry Slam durch.

Er hatte bereits zahlreiche Auftritte in Radio- und TV-Sendungen (u. a. WDR-Poetry-Slam, Sarah Kuttners Slam-Doku/Sat.1-Comedy). Regelmäßig erscheinen diverse Veröffentlichungen in Satire-Zeitschriften (Titanic, Pardon), Anthologien und Literaturzeitschriften (Lichtungen u. a.) sowie in verschiedenen Verlagen (Carlsen Verlag, Satyr Verlag u. a.).

KARSTEN HOHAGE
Ballon-Fahrer Jean und Flieger-Horst

(zu lesen in *französischem Accent* und Volksempfängerdoitsch)

Es fuhr ganz nach ruhiger,
leis schwebénder Façon
den Himmel entlang der Ballon-Fahrer Jean.
Und der Himmel ist bleu,
und der Jean, mon Dieu,
der zündet sich eine Gauloise an.

Doch plötzlich, da bläst's ihm das Streichholz aus,
im Himmel ist Lärm und Hektik, oh Graus.
Es rattert und knattert, es brummt umher.
Es ist Flieger-Horst – mit Maschinengewehr.

Das ist nun wirklich ein starker Affront,
denkt sich ganz im Stillen Ballon-Fahrer Jean.
Doch der Himmel ist bleu,
und der Jean, mon Dieu,
der zündet sich doch die Gauloise an.

Der Horst hat inzwischen 'nen Looping gedreht,
und jetzt rast er dorthin, wo der Jean gleichsam steht.
Und er lacht, weil's gleich kracht, so sieht es aus.
Dem Franzos, dem Franzos macht er jetzt den Garaus.

Und so himmlert der Horst den Himmel entlang.
Dem Volke am Boden, dem wird schon ganz bang.
Der Flieger krächzt und der Propeller dröhnt.
Der Froschfresser wird jetzt des Fliegens entwöhnt.

Im Ballon zückt der Jean erst mal 'nen Flacon
und degustiert ein Schlückchen aus Roussillon.
Denn der Himmel ist bleu,
und der Jean, mon Dieu,
zeigt sich nonchalant ob der Situation.

Immer schneller himmlert der Horst heran.
Der Erbfeind, der Erbfeind, der ist jetzt dran.
So kommt er auf den Ballon zugedüst
und … sieht, wie der Erbfeind ihn freundlich grüßt.

Na, warte, Du schmier'ger Franzosen-Galant,
Du heißt bestimmt Claude oder Pierre oder Jean.
Dir zeig ich's, Dir wird Dein Gruß noch vergeh'n.
Dich hol' ich vom Himmel, das wirst Du bald seh'n.

Doch zuerst brauchst Du Franzose mal Angst.
Mal seh'n, ob Du Dich dann noch weiter betankst.
Flink wirbelt der Horst an dem Ballon vorbei,
streift absichtlich leicht das rötliche Ei.

Im Ballon ist der Jean von der Grande Nation
ob des Fliegers Kunst voller Faszination.
Und der Himmel ist bleu,

und der Jean, mon Dieu,
ruft „Encore“ in geschmeidigem Bariton.

Der Horst, der blickt im Triumphe zurück.
Und sieht ’nen Franzosen strahlend vor Glück.
Das hält seine deutsche Seele kaum aus.
Der Franzose muss jetzt zu den Ahnen nach Haus.

Zum letzten Angriff wird Horst übergeh’n.
Das wird der Erbfeind nicht übersteh’n.
Es brummt der Propeller, es brodelt die Brust.
Den Flieger packt urdeutsche Kampfeslust.

Eng am Boden fliegt Horst nun entlang.
Soll der Jean noch mal sehen, was Horst alles kann.
Weit holt er aus in schneidigem Schwung
Und … fliegt dabei durch ’nen Stapel Dung.

Der Flieger bleibt stecken.
Der Horst fliegt hinaus.
Dann bleibt auch Horst stecken.
In einem Haus.

Wer weiter fährt in ganz ruhiger Façon
den Himmel entlang, ist Ballon-Fahrer Jean.
Denn der Himmel ist bleu,
und der Jean, mon Dieu,
hält den Horst nicht mehr für très intelligent.

Et maintenant taucht aus dem Korb des Ballon
plötzlich auf der Kopf von Horsts Frau Marion.
Und ihre Augen sind bleu,
et Marion, mon Dieu,
weiß genau wie es kam zu der Liaison.

Text aus: Hohage, Karsten: GRObgeHACKtEs, Paderborn: Lektora Verlag 2010, S. 133–135.

Kommentar:

„Jean, maintenant, de rien, Gauguin, façon, chacun" – nasal war mir schon immer im wahrsten Sinne des Wortes egal, also gleich. Ich konnte die nicht unterscheiden, diese „Ongs" und „Öngs", und überhaupt auch sonst nicht viel Französisch. Man hätte meine frühere Französischlehrerin deswegen später in Afrika nicht gleich entführen müssen, aber das ist eine andere Geschichte. Irgendwann fing ich an, „Ongs" und „Öngs" zu sammeln, die auch andere Französischminderbegabte verstehen würden. Aber alleine langweilten sich die „Ongs" und „Öngs" und luden einen sehr deutschen Horst zur Party ein. Der Rest steht im Gedicht.

Biographie:

Karsten Hohage wurde 1968 in Bonn geboren und studierte in Freiburg und Kanada Geologie, schrieb anschließend jedoch über Computerspiele. Seit 2003 ist er aktiv als Poetry-Slammer unterwegs. Sein Repertoire ist vielseitig und beinhaltet komische Prosa, skurrile Texte und sogar, wenn auch etwas seltener, leise Gedichte. Karsten Hohage arbeitet und lebt mit Frau und Kind in Weinheim bei Heidelberg.

MICHAEL JAKOB
Irgendwo ist immer ein Haken

Sitze beim Arzt. Arzt sagt, ich habe nur noch vier Wochen zu leben. Sei etwas Seltenes und komme nur bei hochbegabten und äußerst potenten Männern vor. „Geil", sage ich. Frage Arzt, ob ich das schriftlich haben könne. Arzt gibt mir Befund. Rufe Kumpels an, um mit ihnen einen heben zu gehen. Muss gefeiert werden. Gehen ins „Exodus". Zeige Kumpels den Befund. Oli meint, da stünde auch drauf, dass ich eine tödliche Krankheit und nur noch vier Wochen zu leben habe. Erinnere mich dunkel, was Arzt gesagt hat. „Mist", denke ich, „irgendwo ist eben immer ein Haken." Will Kumpels anrufen, um mit ihnen einen heben zu gehen. Stelle fest, dass sie schon alle da sind und gebe noch eine Runde aus.

Wache mit Riesen-Schädel auf. Kann mich an nichts erinnern und habe komischen Geschmack im Rachen. Jemand muss nachts etwas in meinen Mund getan haben. Hat aber nicht gut getroffen, das meiste liegt auf dem Kopfkissen verteilt. Außerdem habe ich schlecht geträumt. Dass ich bald sterben würde. Finde beim Anziehen Arztbefund in Hosentasche. Wundere mich und lese ihn durch. Verstehe ihn nicht. Gucke im Internet nach, was Fachwörter bedeuten. Steht drauf, dass ich hochbegabt und potent sei. „Geil", freue ich mich. Will Kumpels anrufen, um mit ihnen einen heben zu gehen. Entdecke dann aber, dass ich nur noch vier Wochen zu leben habe. „Mist“, denke ich, „irgendwo ist eben immer ein Haken“. Will jetzt alleine sein. Stelle fest, dass ich alleine bin und nutze die Chance, eine Vorteile/ Nachteile-Liste zu machen.

Vorteile:

1. Ich bin hochbegabt.
2. Ich bin potent. Beschließe, dass „potent“ doppelt zählen sollte, also auch 3.
4. Muss mir keine Gedanken über Rente machen und
5. mir somit keinen Job suchen. Kommt mir gerade sehr gelegen.
6. Kann mich verschulden, so viel und so lange ich will. Streiche das „so lange“ wieder. Da mir nichts mehr einfällt, beschließe ich, dass „potent sein“ dreifach zählen sollte, also auch 7.

Mache mich nun an die Nachteile-Liste:

1. Bin bald tot.

Da mir nichts mehr einfällt, beschließe ich, „potent sein“ vierfach zu zählen. Mache mir Gedanken, was ich in den folgenden vier Wochen alles anstellen könnte. Suche erneut Hilfe im Internet. Finde www.deathbook.de. Registriere mich und bin erfreut, dass es genauso wie Facebook funktioniert. Bloß „anstupsen“ heißt hier „grubsen“. Kurzform von „GRUbe graben und reinstuBSEN“. Habe innerhalb von vier Stunden bereits 60 Freunde. Muss man ja nicht alle mögen. Ist ja nur für vier Wochen.

Bekomme im schwarzen Netzwerk viele Tipps und mache To-do-Liste. Befolge zuerst Punkt 1: **Alle** meine Ex-Freundinnen besuchen und noch einmal mit ihnen Liebe machen. Wird Misserfolg. Jasmin hat keine Lust und Miriam macht gerade Auslandssemester. Schaue wieder auf meine Liste:

- Sinnlos Geld verprassen
- Nachlass regeln

Stelle fest, dass ich keinen Nachlass habe. Stelle weiterhin fest, dass sich dadurch die Sache mit dem Geldverprassen erschwert. „Mist“, denke ich, „irgendwo ist eben immer ein Haken“. Beschließe, einen Kredit aufzunehmen. Gespräch bei der Bank verläuft anders als erwartet. Bankangestellter fragt mich nach Sicherheiten. Sage, dass ich mit Sicherheit in vier Wochen tot sein werde. Bankangestellter hakt nach, wie ich Kredit gedenke zurückzuzahlen. Antworte mit Gegenfrage, ob wir darüber nicht in fünf Wochen reden könnten und schiebe nebenbei meine letzten 50 Euro in seine Richtung. Bankangestellter steckt Schein in Brusttasche von rosa Hemd. „Nein“, sagt er und bittet mich zu gehen. Frage ihn, ob ich meine 50 Euro zurück haben könnte. Er verneint erneut, die brauche er, um meinen *„Bestechungsversuch“* zu vergessen. Stehe auf und beschließe, Rache zu nehmen.

Als Angestellter um 16:38 das Gebäude verlässt, raube ich ihn aus. Hat nur noch 43,50 Euro. Frage ihn, wo der Rest sei. Bankangestellter gesteht, er habe Schnitzel in Kantine gegessen. Bin nun wirklich sauer und klaue ihm dafür sein Smartphone. Schicke allen Männern im Speicher SMS mit dem gleichen Wortlaut: „Hallo, du Trottel! Habe dich am Bankschalter reingelegt und außerdem mit deiner Frau geschlafen. Dein Finanzberater.“ Die ersten Antworten sind alle gleich: „Du Mistkerl! Ich hab’s mir schon immer gedacht!“ Dann kommt die SMS von seinem Vater, die ich aus Gründen des Jugendschutzes nicht wiedergeben kann.

Kaum bin ich daheim, steht Polizei vor der Tür. Hatte vergessen, dass ich Adresse auf Kreditantrag hinterlassen habe. „Mist“, denke ich, „irgendwo ist eben immer ein Haken.“

Komme in den Knast. Polizist sagt, es sei dreist gewesen, auf offener Straße Bankangestellten auszurauben. Er meint, dass ich so schnell nicht mehr hier rauskomme. Antworte, dass ich in knapp vier Wochen auf jeden Fall hier raus sei.

Zwei Stunden später ist mir langweilig. Finde es blöd, hier auf den Tod zu warten. Beschließe, ihm entgegenzukommen. Will mich umbringen. Am besten durch Aufhängen, macht am wenigsten Sauerei. Knüpfe Henkersknoten aus Bettlaken. Sehe mich in Zelle um, finde aber nichts, um ihn zu befestigen. „Mist“, denke ich, „hier ist ja gar kein Haken.“

Text aus: Jakob, Michael: Rock ’n’ Roll, Paderborn: Lektora Verlag 2010, S. 41–45.

Kommentar:

In meinen Workshops sage ich immer: „Es gibt drei Wege zur Idee, der erste und schönste ist der Einfall.“ Zu dieser Kategorie gehört „Irgendwo ist immer ein Haken“. Ohne Vorwarnung hatte ich die ersten Sätze im Kopf. Ich weiß sogar noch ganz genau, wo ich zu diesem Zeitpunkt war, nämlich auf dem Weg von der U-Bahn zum Zug im Nürnberger Hauptbahnhof. Ich war vier Jahre alt und hatte ein bisschen Mühe, das glitzernde goldene Bonbon auszupacken. Aber dann! Ich werde nie diesen ersten Geschmack vergessen. Was dieser Neunziger-Werbung-Flashback in meinem Kommentar zu suchen hat, kann ich nicht erklären. Aber so ist das mit Einfällen! Man muss einfach dran bleiben. Und überarbeiten. Auf jeden Fall mag ich den Text immer noch.

Was ich nicht mag, sind diese Sahne-Bonbons, obwohl ich heute der Großvater bin. Aber meine Enkel dürfen ja nicht einmal fernsehen. Und das ist auch gut so!

Biographie:

Michael Jakob zählte in seiner aktiven Slam-Zeit (2003 bis 2011) zu den erfolgreichsten Slammern des Landes. Auch nach seinem Rückzug aus dem Wettbewerb ist er dem Format treu geblieben. Er hat zwei Lehraufträge für Poetry Slam (Nürnberg und Coburg), betreut in 14 nordbayrischen Orten regelmäßige Slam-Reihen und schreibt immer noch fleißig Bühnentexte für Soloprogramme und seine Lesebühne in Nürnberg und Fürth. Seine kulturelle Aktivitäten (neben Poetry Slam auch Theater, Kabarett und Improvisationstheater) brachten ihm bereits mehrere Auszeichnungen ein. Von ihm gibt es drei Buchtitel bei Lektora (alle 2010 erschienen).

Infos auf www.michaeljakob.de oder www.facebook.com/jakobmichl.

PIERRE JARAWAN

Von Ärzten und Claire: Wenn die Welt wäre wie in Serien

Einmal, da habe ich in einer Serie gesehen, wie ein Arzt einem anderen Arzt zurief: „Schnell, der Mann hat einen hypovolämischen Schock, 40 Milligramm kolloidale Infusionslösung oder Hydroxyethylstärke vorbereiten – uns bleibt nicht mehr viel Zeit!"

Woraufhin ein anderer Arzt meinte, dass eine kolloidale Infusionslösung den Mann umbringen würde, da seine Antithrombinwerte derart niedrig seien, dass man umgehend die metabolische Azidose mittels 60 Milligramm Bikarbonatpufferlösung behandeln müsse, indem man einen peripheren Zugang lege.

Und ich weiß noch, dass ich damals dachte:

Wenn die Welt so wäre wie in Serien,
    dann wären die Kriterien für miteinander reden
    eben andersrum gestrickt.
    Sodass das Leben ganz nach Regeln wie aus
Wunderwelten tickt.

Da ich früher systematisch von der Teilnahme an Gangs ausgeschlossen wurde – na gut, früher ist untertrieben, ich war acht und die Gangmitglieder waren andere Drittklässler –, war ich auch von den Geheimsprachen, die sie teilten, ausgeschlossen. Nie verstand ich, was sie sagten. Darum liebe ich Filme und Serien. Gerade in Serien erklären die Menschen sich Dinge ganz ausführlich und jeder versteht sie. Da rufen sich Ärzte, die seit dreißig Jahren eine Klinik leiten, Dinge zu, die sie eigentlich seit dem Grundstudium wissen müssten, wie:

„Die Temperatur misst man am besten im Gehirn!"

oder: „Wenn wir die Beine amputieren, dann wird er nie wieder laufen können!"

Und das gefällt mir daran.

Als ich zehn wurde, begann ich, Serien zu schauen, die ab zwölf freigegeben waren, und erhielt dadurch Zugang zu einer erstaunlichen Vielfalt an Geheimsprachen, die ich mir zu eigen machte. Fortan hatte ich mein eigenes Sprachsystem.

So genoss ich die verstörten Blicke der Mädchen, wenn ich ihnen beim Seilhüpfen ein geheimnisvolles „An Ihrer Stelle würde ich das lieber nicht tun, Ma'am!" zurief, oder das strahlende Unverständnis in den Augen derer, denen ich ein Klebe-, Gummi- oder wahlweise auch Haarband in die Hand drückte, mit dem Hinweis, „dieses Band wird sich in zehn Sekunden selbst zerstören."

Es dauerte nicht lange, da versuchten Schulpsychologen mir einzureden, dass man Telefongespräche nicht begann, indem man „Geben Sie mir den Präsidenten!" sagte, und dass ich damit aufhören müsse, in der großen Pause auf das Vordach der Sporthalle zu klettern, um Sätze zu rufen wie: „Ich weiß nicht, was es ist, aber es kommt direkt auf uns zu!"

Derartige Therapien waren allerdings nur vorübergehend von Erfolg gekrönt.

Auch heute noch ertappe ich mich manchmal dabei, wie ich in alte Sprachmuster zurückfalle. Dann springe ich ganz unvermittelt in ein Taxi und rufe: „Folgen Sie diesem Wagen!" oder ich steige unvermittelt in ein voll besetztes Taxi, steige dann unvermittelt wieder aus und rufe: „Lasst mich zurück, ohne mich könnt ihr es schaffen!"

Manchmal bleibe ich auch beim Spazierengehen unter dem Fenster wildfremder Frauen stehen und schreie ein „Ich habe das nicht gewollt, Claire!" in den Nachthimmel.

Da ich, um abzuschalten, gerne in Parks spazieren laufe, nutze ich die Idylle in der Regel, um dort sämtliche Mülleimer zu entleeren und ihren Inhalt vorbeieilenden Joggern in die Hand zu drücken, indem ich einen leicht debilen Blick aufsetze und freundlich „Wo das herkommt, gibt's noch viel mehr davon!“ raune.

Dank meiner intensiven Auseinandersetzung mit dem Medium Film bin ich heute in der Lage, sämtliche allgemeingültige und bereits aufgestellte Regeln der Filmkunst zu bestätigen, wie: „Frei ab 12 heißt: Der Held kriegt das Mädchen. Frei ab 16 heißt: Der Bösewicht kriegt das Mädchen. Frei ab 18 heißt: Alle Darsteller kriegen das Mädchen!“

Dass es allerdings nicht immer von Vorteil ist, eine eigene Geheimsprache zu haben, die niemand, außer man selbst, spricht, sehe ich immer wieder in Alltagssituationen, wenn ich in Elektrogeschäften dem Staubsaugerverkäufer ein beruhigendes „Ich glaube, ich kann die Maschine fliegen!“ entgegne, und ich habe durchaus gelernt, dass man Frauen nicht zu einem Date einlädt, indem man sich vor ihnen aufbaut und sagt: „Du und ich, wir machen jetzt einen Ausflug!“

Sätze wie: „Das hier ist eine verdammt üble Gegend!“ oder „Gehen Sie weiter, hier gibt es nichts zu sehen!“ oder „Versprich mir, dass du wieder ganz gesund wirst!“ genau wie „Ruhe, sonst lasse ich den Saal räumen!“ und „Wir können hier nicht anhalten. Das ist Fledermausland!“ brauchen anscheinend eine passende Umgebung und sind nicht universell anwendbar, wie ich stets dachte.

Um mich schließlich vor größerem Unheil zu bewahren, zog ich irgendwann die Reißleine und suchte mir ein anderes Hobby. Heute schreibe ich Gedichte. Das ist ebenfalls eine Art Geheimsprache, die allerdings den erstaunlichen Effekt hat, dass die Leute einen eher für klug oder einfühlsam halten und das Bedürfnis bekommen zu klatschen, statt mich zu verprügeln, wenn ich Sätze sage wie:

„Und dann gehst du und dein Schatten
wirft im matten Licht der Kerzen
einen Handkuss an die Wand.
Und mir bleibt nichts – ich habe
nur bruchstückhaft Bilder und ich grabe
mit langen, spindeldürren Ästen
in einem Fluss aus Tränen nach etwas Festem.“

Obwohl das zwar schön klingt, im Prinzip aber rein gar nichts aussagt und obendrein voller Fehler steckt, denn wenn ich erstens in Zeile drei sage, dass mir nichts bleibt, kann ich in Zeile vier nicht sagen, ich hätte noch bruchstückhaft Bilder, denn wenn einer behauptet, ihm bliebe nichts, dann muss ihm rein gar nichts bleiben, auch keine Bilder! Und zweitens mag das Bild meiner Arme als spindeldürre Äste vielleicht als solches poetisch erscheinen, ist im vorliegenden Kontext allerdings eine völlig hinverbrannte Verbildlichung, die alleine dadurch nötig wird, dass ich einen Reim auf „Festem" brauche.

Nichtsdestotrotz ertappe ich mich manchmal beim Spazierengehen dabei, wie ich solche Zeilen kahle Wände unter den Fenstern wildfremder Frauen hinaufrufe, die ich heimlich Claire nenne, um mich an alte Zeiten zu erinnern.

Und einen besonderen Vorteil hat diese Art zu sprechen ebenfalls: Wenn ihr euch selbst oder mich fragen solltet, ob an diesem Text irgendetwas Wahres ist oder alles nur eine Lüge, dann kann ich jetzt mit gutem Gewissen sagen: „Ich bin Dichter, ich lüge niemals! Ich gebe der Wahrheit Spielraum."

Und außerdem ist das Leben nicht wie im Fernsehen, und so kann es natürlich auch hier nicht auf alles eine nachvollziehbare Antwort geben.

Text aus: Jarawan, Pierre: Anders sein ist ganz normal, Paderborn: Lektora Verlag 2011, S. 101–106.

Kommentar:

Wie der Text entstanden ist? Über 480 Stunden Serien geschaut, über 20 wissenschaftliche Bücher und Aufsätze gelesen und knapp 80 Seiten Bachelorarbeit zum Thema TV-Serien geschrieben. Irgendwas musste ich ja tun, um das zu vergessen …

Biographie:

Pierre Jarawan wurde 1985 in Amman, Jordanien geboren. Seit seinen ersten Auftritten im Jahr 2009 gewann er mehr als 150 Poetry Slams im gesamten deutschsprachigen Raum und gehört seitdem zu den erfolgreichsten deutschsprachigen Bühnenpoeten.

Mit seinen zwischen Ernst und Komik schwankenden Texten bereiste er Bühnen überall in Deutschland, Österreich, der Schweiz, Luxemburg und Paris. Zudem stand er für 3Sat und ZDFkultur vor der Kamera. Nach dem Titel des Baden-Württembergischen Landesmeisters 2011 gewann er 2012 die Internationalen Deutschsprachigen Meisterschaften im Poetry Slam. Pierre Jarawan lebt und arbeitet in München.

HARRY KIENZLER
Ich hab Angst

Ich hab ein Problem:
Ich hab Angst
Angst, Leute anzurufen, Angst, dass sie mir die Ohren blutig schreien, was mir denn einfällt, sie anzurufen, wo sie doch gerade essen und schlafen und Sex haben und arbeiten und warum ich überhaupt noch lebe und was mit dem Geld ist …

Ich hab Angst,
Angst vor Räumen
Angst vor geschlossenen Räumen, weil man da vielleicht nicht mehr rauskommt,
Angst vor offenen Räumen, weil man die nicht abschließen kann.
Ich hab Angst,
Angst vor Höhen,
Angst davor, dass ich auf einem Berggipfel ohne Geländer stehe und mich der Wind auf einmal in die Tiefe weht und ich dann lange genug falle, dass tatsächlich mein ganzes Leben an mir vorbeizieht und ich mir die ganze Scheiße noch mal anschauen muss.

Ich hab Angst
Angst vor der Weltverschwörung,

Angst, dass alle Verschwörungstheorien falsch sein könnten und wir vielleicht wirklich von diesen Regierungen regiert werden.

Ich hab Angst,
Angst vor Arztbesuchen, Angst, dass ich krank bin und sterben muss oder dass ich mich zwar beschissen krank fühle, aber der Arzt nichts findet und mich für 'nen Hypochonder hält und ich dann nicht mehr hingehe, weil ich nicht will, dass er mich für 'nen Hypochonder hält, und ich dann doch wirklich krank bin und die im Krankenhaus dann fragen: „Warum sind Sie denn nicht zum Arzt gegangen?"

Ich hab Angst,
Angst, Verträge abzuschließen, weil das immer so was Bindendes hat, so ein Zwei-Jahres-Vertrag, könnte ja sein, dass ich auf einmal zahlungsunfähig bin, und dann kommt eines Morgens ein Sonderkommando und wirft eine Blendgranate in meine Wohnung, und ich werde im Keller eines Handyanbieters verhört und muss dann auch erklären, warum ich zu Callcenter-Leuten immer so unfreundlich bin, und die kommen dann auch alle, jeder einzeln, und ohrfeigen mich und sagen mir, dass ich eine hässliche Stimme habe, und dann bauen sie mir einen Sender in den Kopf, mit dem sie mich immer und überall erreichen können.

Ich hab Angst, Frauen anzusprechen,
Angst, dass sie mich ohrfeigen, mit Getränken übergießen und mit ihren Freundinnen und mit ihren Zeigefingern auf mich zeigen und lachen oder weinen oder gar nicht reagieren.

Angst, dass sie das alles nicht tun, sondern entdecken könnten, dass ich gar nicht so ein seltsamer, melancholischer, intellektuell verhutzelter Typ bin, sondern völlig normal und witzig und selbstbewusst,
weil ich dann gar nicht mehr für alles gar nichts können könnte und nicht mehr sagen könnte:
Was, wieso Zukunft? Was interessiert mich die Zukunft, Zukunft ist für mich jetzt schon Vergangenheit, die Scheiße war.

Ich hab Angst,
Angst, 'ne Freundin zu haben und mit ihr ins Bett zu gehen und im Bett zu versagen, indem ich einmal nicht versage und sie dann sagt: „Hey, das kriegen wir so perfekt sowieso nie wieder hin!“, und dann ist Schluss mit dem Sex.

Ich hab Angst, ich hab Panik, ich hab Panikattacken,
mir sitzt die Angst vor Panikattacken im Nacken.
Die Angst vor Panikattacken verursacht Panikattacken
und die wiederum Angst vor Panikattacken.

Ich zitter, zitter wie Espenlaub in der Prärie
ich zitter wie ein Vibrator mit Duracell-Batterie
ich zitter wie die Flammen im alten Kamin
ich zitter wie ein junger Junkie ohne Heroin.

Ich hab Angst,
Angst vor Einbrechern,
Angst vor Schulfächern,
Angst vor Kinderschändern,
Angst vor Augenrändern,
Angst vor Warteschlangen,
Angst vor Zahnzugzangen,
Angst vor Abhörwanzen,
Angst vor Stehbluestanzen,
Angst vor Fünf-Meter-Brettern,
Angst vor Drei-Meter-Brettern,
Angst vor Gasexplosionen,
Angst vor Pilzinfektionen,
Angst vor Organdieben,
Angst vor Spontanlieben,
Angst vor Steuerklassen,
Angst vor Entbindungen,
Angst vor Menschenmassen,
Angst vor Verbindungen.

Ich hab Angst,
aber das ist mir egal, ich liebe meine Angst,
ich liebe meine Angst,
denn meine Angst verleiht Flügel.

Meine Angst lässt mich
nächtelang durchtanzen, als ob es kein Morgen gäbe, weil ich nicht daran glaube, dass es ein Morgen gibt.

Meine Angst lässt mich
keine Selbstgespräche führen,
nur für den Fall,
dass ich doch abgehört werde,
Kondome kaufen,
nur für den Fall, dass ich doch Sex haben könnte,
Enten vor dem Ertrinken retten,
nur für den Fall, dass sie spontan das Schwimmen verlernt haben,
Eulen nach Athen tragen,
nur für den Fall, dass es da doch keine gibt,
das ist ganz schön anstrengend, aber das ist mir egal, denn

meine Angst lässt mich Dinge sehen, die vielen anderen Menschen verborgen bleiben,
denn ich weiß, was passiert.
Ich weiß, was passiert, wenn man das Klo von alten Zügen im Bahnhof benutzt,
ich weiß, was passiert, wenn man das Verbrannte von der Grillwurst ist,
ich weiß, was passiert, wenn man die Originalverpackung nicht aufhebt,
ich weiß, was passiert, wenn man Essen ins Klo schmeißt,

ich weiß, was passiert, wenn man bei Gewitter Fernsehen schaut,
ich weiß, was passiert, wenn man die Fäden von einer Bananenschale raucht,
gar nichts!
Aber das ist mir egal, ich liebe meine Angst,
meine Angst lässt mich
abnehmen, weil ich eigentlich gar nichts essen kann, ohne mich zu fragen, was da eigentlich drin ist.

Meine Angst lässt mich
jeden Wettlauf gewinnen. Mir reicht schon die Vorstellung, dass ein Dackel auf einmal von Tollwut befallen mit Schaum vor dem Maul hinter mir herrast, um mir die Achillessehnen durchzubeißen, da lauf ich schneller als die schnellste Maus von Mexiko auf Speed und mir kann man kein Doping nachweisen.

Ich hab Angst,
Angst vor allem Möglichen
und vor allem habe ich
Angst vor … euch.
Und das ist mir nicht egal, denn
meine Angst vor euch lässt mich
Texte wie diesen schreiben!

Text aus: Kienzler, Harry: Ich liebe meine Angst, Paderborn: Lektora Verlag 2009, S. 167–173.

Kommentar:

Der „Angst-Text“, wie er später nur noch genannt wurde, war der eine Text für mich. Mit diesem kleinen Werk hatte ich so etwas wie meinen Durchbruch in der Slam-Szene. Irgendwie passte der Text wie die Faust aufs Auge. Um den Text zu schreiben, habe ich wirklich alles aufgeschrieben, vor dem ich Angst habe, und dann die weniger schlimmen Sachen in den Text mit reingenommen. Der Text ist also nur die Spitze des Eisbergs. „Angst – Best-of“ sozusagen.

Biographie:

Harry Kienzler, geb. 1979 in Stuttgart, lebt in Tübingen, wo er während des Studiums 2003 den Poetry Slam für sich entdeckte. Es folgte eine lange und intensive Beziehung zu diesem Bühnenformat, die immer noch fortdauert. Inzwischen ist er auch vermehrt als Improschauspieler und Kleinkünstler aktiv. 2013 wurde ihm mit seinem Kollegen Jakob Nacken der Kleinkunstpreis Baden-Württemberg für das Programm „Siegertypen“ verliehen.

KARSTEN LAMPE

Alles, was in der Straßenbahn passiert // Was ich mir wünsche

Es ist früh. Zu früh. Das wollte ich schon immer einmal sagen.

Es ist halb acht Uhr morgens, irgendwo zwischen Mohnbrötchen und Nieselregen, wobei mit Nieselregen der Nieselregen gemeint ist und mit Mohnbrötchen das Innere meines Kopfes, der sich gegenwärtig vor allem durch das Bestreben auszeichnet, möglichst weit in meinen Hals hineinzukriechen, weil es da wärmer ist.

Es ist früh und es ist Straßenbahn.

Ich sitze am Fenster und starre der Welt überdrüssig durch selbiges in selbige, als mir der plötzliche linksseitige Anstieg der Umgebungstemperatur anzeigt, dass sich jemand neben mich gesetzt hat. Jemand Großes. Jemand von geborener Schwammigkeit, der darüber hinaus sehr darum bemüht scheint, eine möglichst gleichmäßige Ausdehnung in alle drei Dimensionen zu erreichen.

Ich könnte nun über die grobporige, in Farbe und Textur an die pockennarbige Mondoberfläche gemahnende Beschaffenheit meines neuen Sitznachbarn referieren.

Ich könnte über das enervierend lebendig wirkende Zucken und Vibrieren seines Oberlippenbartes sprechen, der, bei genauerer Betrachtung, so scheint mir, eine gewisse Zeit als Rohrreiniger eingesetzt worden sein muss. Ich könnte auch versuchen, die subtile Art und Weise zu beschreiben, in welcher der Holunderdunst, der dort, wo andere Leute atmen, seinen geblähten Nüstern entsteigt, das ihn umgebende Licht bricht und so diese Fleisch gewordene Redundanz permanent in ein leicht grünliches Schimmern tunkt.

Über all dies könnte man sprechen. Worüber ich aber wirklich sprechen möchte, oder vielmehr auf Anraten meines Therapeuten muss, ist das rosa Tutu mit den kleinen Flügelchen.

Er trägt ein Tutu, Ballettschläppchen und ein Paar mit Pailletten verzierte Libellenflügelchen in Kindergröße. Eigentlich handelt es sich um mehrere Tutus, die aneinandergenäht wurden, um den gallertartig ausufernden Aggregatzustand meines Sitznachbarn gerade eben so bändigen zu können.

Er beugt sich zu mir herüber, und je näher seine fransige Schenkelbürste meinem Gesicht kommt, desto mehr weiten sich seine nässenden Schweinsäuglein, bis ich schließlich Angst bekomme, sie müssten doch jeden Augenblick aus der Fassung ploppen und wie Flummis von der Wand abprallen.

Seine Stirn legt sich in tiefe Furchen, wie man sie sonst nur am Rande sich überlagernder Kontinentalplatten beobachten kann. Und sein Mund fletscht gelbliche Stumpen, von denen sich die ebenfalls gelblichen Tabakkrümel nur noch marginal abheben.

„Ick bin eene Fee!“

Ich bin mir nicht sicher, ob, und wenn ja, wie ich meine Zweifel formulieren soll.

„Ick bin eene Feeheee!“, bekräftigt er.

Woraufhin ich antworte: „Merkt man.“

Lächelnd versuche ich, unauffällig unter dem Sitz vor mir hindurchzugleiten. Doch die Fee packt mich am Kragen und hievt mich mühelos zurück.

„Ick bin eene BÖSE FEE!“, speit es Speichel.

„Was soll das denn heißen?“, frage ich, nun doch neugierig geworden.

„Dit heeßt, dass ick dir dree Wünsche erfüllen muss, weeste wa. Aber es hängt immer een Haken dran. Een Pferdefuß beim Wunschjenuss, wie wir im Feenjewerbe sagen.“

Jetzt wird es mir zu bunt.

„Du bist keine Fee“, sage ich. „Feen sind winzig, elegant und es gibt immer Sterne!“

Da rammbockt er mir seine Faust zwischen die Augen und ich sehe ... Sterne.

„O.k., mein Fehler“, blute ich zwischen den verbleibenden Schneidezähnen hindurch. „Du bist eine böse Fee. Schon klar. Du erfüllst Wünsche. Aber was meinst du mit ‚Haken‘? Wie soll ich mir das vorstellen? Wenn sich nun jemand wahnsinnig viel Geld wünscht, gibst du es ihm, aber verwandelst ihn zugleich in ... Griechenland?“

„Nee“, grollt es von links. „Wenn sich jemand viel Jeld wünscht, dann ...“

„Ja, dann was?“

„Hau ick dem aufs Maul!“

„Das ist alles?“

„Ja!“

„Das ist aber nicht besonders spitzfindig.“

„Aber effektiv! Ick bin Freund der direkten Vorjehensweise. Da hat man früher Feijaabend. Also Meista, wat is nu? Wat kann ich für dir tun?“

„Och, du ... ähm ... ich bin wunschlos glücklich! Mach doch einfach mal blau heute“, schlage ich schlagartig schlagfertig schlagvermeidend vor.

„Nee, dit jeht nich. Dit is jewerkschaftlich so festjelegt. Wenn ick wejen dir meene Wunscherfüllungsquote nich schaff, krieg ick Ärjer mit meen Vorjesetzten. Un-an-je-nehmer Typ is ditte.“

„Aufs Maul?“, rate ich.

„Aufs Maul.“

Offenbar ist die Wahrheit über Feen sehr viel dunkler, als es uns die grimm’sche Märchenbuchpropaganda glauben machen möchte. In blumigsten Worten umschreibt mir Kollege Bohnenblüte die grausamen Bedingungen, unter denen er und seinesgleichen leiden müssen.

So erfahre ich beispielsweise, dass Feen keinen Anspruch auf Zahnbehandlungskostenersatz haben und sich die Russenmafia deswegen die Nummer mit den Zahnfeen ausgedacht hat. Ein Riesengeschäft auf dem Schwarzmarkt ist das. Überall laufen Feen mit kariösen Kinderzähnen in der Fresse herum, die ihnen immer wieder aus der Kauleiste fallen, weil sie ja viel zu klein für die mühlsteinhaften Kiefer dieser Wunschgesellen sind.

Und fliegen darf er seit der Diabetes-Diagnose sowieso nicht mehr, weswegen er nun eben Straßenbahn fährt, natürlich ebenfalls auf eigene Kosten.

Von all diesen Erklärungen höre ich aber nur sehr wenig, denn allzu laut knacken die bocciakugelgroßen Knöchel dieses in fliederfarbenen Taft gewandeten Berggorillas.

Ein Geräusch, aus dem Trent Reznor einen hervorragenden Industrial-Beat hätte schweißen können, einen Beat, zu dem ich den Countdown meiner körperlichen Unversehrtheit heruntergezählt hätte. Die böse Fee richtet sich in einem Prozess rückläufiger Erosion auf und verdunkelt dabei das wenige Licht, das es überhaupt erst durch diesen nieselgrauen Regenmorgen geschafft hat. Ein Schatten, tief wie die Nacht in einer Tropfsteinhöhle, kommt über mich. Es ist früh, es ist Nieselregen und Straßenbahn. Ich wünsche mir, ich wäre woanders.

Text aus: Lampe, Karsten: Wazzefak, Paderborn: Lektora Verlag 2013, S. 9–13.

Kommentar:

Dieser Text stammt aus einer Zeit, die ich rückwirkend als „Neu-in-Berlin-Phase“ betiteln möchte. Ich denke, ich wollte eigentlich nur allen Daheimgebliebenen aufzeigen, wie unfassbar crazy und auf privilegierte Art und Weise place-to-be das Leben in der fancy-abgefeaturetsten aller Hauptstädte doch ist. Heute wäre mir das so viel zu prätentiös. In etwa so wie die Verwendung des Wortes „prätentiös“. Trotzdem macht es immer noch großen Spaß, auf Bühnen die Rolle der Fee mit verstellter Stimme zu lesen, wobei mir gerade auffällt, dass Sie mit dieser letzten Information nur sehr wenig werden anfangen können. Tschuldigung, mein Fehler.

Biographie:

Karsten Lampe wurde 1984 im deutsch-polnischen Niemandsland geboren, von wo er über Umwege schließlich in Berlin landete.

2007 betrat er erstmals eine Slam-Bühne und hat sie seitdem nicht mehr verlassen. Er ist Gründungsmitglied der Lesebühne COUCHPOETOS und Sänger der „Diktatur der Herzen“.

Außerdem arbeitet er als Texter, Illustrator und Designer.

SULAIMAN MASOMI
Ein Kanake sieht rot

Als ich letztens aus Versehen bei Rot über die Ampel schlenderte, rief mir ein Opa mit dem Stock schwingend hinterher: „Ihr scheiß Türken! Ihr lernt es wohl nie, euch zu integrieren!“

Als ich das hörte, drehte ich mich um und ging bei Rot wieder zurück.

Ich baute mich vor dem Opa auf, welcher, schon entschlossen und zu allem bereit, seinen Krückstock umklammerte.

Ich sagte: „Erstens: Ich bin kein Türke, sondern Afghane. Sie sollten mit Ihren Vorurteilen über Türken vorsichtig sein, Sie Pflegefall, denn die Türken gehen nicht bei Rot rüber!

Das machen nur wir Afghanen, aber das liegt an unserer unruhigen Art, wir hatten ja auch schon Krieg mit den Griechen, den Mongolen, den Briten, den Russen, den Amis und – wenn gerade keiner da ist – mit uns selbst.

Zweitens: Wer will sich denn bitte hier integrieren?

Ich hab mal für einen Monat versucht, mich zu integrieren, um eine Kartoffel zu werden:

Ich war extra schlecht im Bett, war pünktlich und hab Frauen wie Menschen behandelt.

Es hat mir gar nichts gebracht.

Auch die Pünktlichkeit hat mir nichts gebracht.

Wenn ich mich mit Kanaken verabredet habe und pünktlich war, musste ich immer eine halbe Stunde auf die warten.

Wenn man sich um acht mit einem Kanaken verabredet, weiß jeder Kanake Bescheid: Das Treffen ist um halb neun.

Außerdem geh ich über Rot, weil hier einfach zu viele Kanaken rumfahren.

Ein deutscher Kollege wurde vor meinen Augen, als er bei Grün die Straße passierte, von einem Kanaken überfahren. Die fahren nämlich alle bei Rot.

Ich mache das aus Selbstschutz; ich bin doch nicht lebensmüde, denn wenn man bei Rot über die Straße geht, ist man viel vorsichtiger, bei Grün denkt man, es könne nichts passieren.

Außerdem muss ich arbeiten. Ich habe keine Zeit für Gespräche mit senilen Sozialfällen, die im Herbst ihres Lebens anderen auf die Windschutzscheibe kacken. Es gibt so viele nette Opas, was ist bei Ihnen bloß schiefgelaufen? Eigentlich müssten Kanaken und alte Menschen zusammenhalten, schließlich befinden wir uns beide am Rande der Gesellschaft ... nur an verschiedenen Enden. Sie können nix dafür, dass Sie alt sind, und ich kann nix dafür, dass ich ein Afghane bin. Das verbindet uns. Wir sollten gemeinsam auf die Welt kacken.

Stattdessen kacken Sie mir mit einer gezielten Dünnschisssalve vom anderen Rand der Gesellschaft im hohen Bogen genau ins Gesicht.

Macht Sie das glücklich? Sind Sie jetzt zufrieden?

Außerdem war ich bei der Bundeswehr und habe dem deutschen Staate in Reih und Glied in einigen Analpolonaisen gedient. Ich lass mir von Ihnen nix sagen, Sie waren bestimmt bei der Reichswehr und sind Ihr Leben lang verbittert, da Sie Ihren Krieg verloren haben ... und so tapfer können Sie schließlich auch nicht gewesen sein ... Sie leben ja noch.

Sie haben sogar noch beide Beine!

Das haben nur die schlimmsten Drückeberger!

Kein Wunder, dass der Krieg verloren ging mit solchen Typen wie Ihnen!

Sie sollten sich schämen, sich selbst einen Deutschen zu nennen.

Sie sollten sich an uns Ausländer langsam gewöhnen und uns gut behandeln, denn so, wie wir Kinder am Fließband produzieren, werdet in 50 Jahren ihr Deutschen in der Minderheit sein, und wollt ihr dann auch so von uns behandelt werden, wie ihr es mit uns tut? Sicherlich nicht!

Also, meine Devise an Sie: Erst denken, dann reden, denn wir Kanaken sind die Zukunft Ihres Landes.

Hier steht ein Stückchen Zukunft vor Ihnen, mein Papi. Sind Sie überhaupt Papi? Ich kann mir kaum vorstellen, dass sich irgendwann eine Frau mit ihnen freiwillig reproduzieren wollte.

Und warum sollten wir uns integrieren? Wenn ihr unbedingt die Integration haben wollt, dann integriert euch doch bei uns.

Als ich letztens mit meinem Vater zusammen beim Deutschland-sucht-den-Superstar-Casting so einen metrosexuellen Kanaken mit zehn Liter Gel in den Haaren und piepsiger Stimme schwul rumtanzen sah, sagte mein Dad nur zu mir:

„Siehst du, Sohn, das passiert mit dir, wenn du dich integrierst. Du wirst nicht nur eine Kartoffel, sondern auch schwul."

Aber was erzähl ich Ihnen von meinem Vater, Sie könnten meines Vaters Vater sein. Nein, könnten Sie nicht, mein Vater ist viel zu schlau dafür.

Mein Opa brauchte nie einen Krückstock, er hatte vier Frauen, die ihn stützten.

Aber nicht, weil er sie brauchte, sondern nur, weil er es stylisch fand.

Alle Ausländer, die ich kenne, sind nämlich kerngesund, denn wir Kanaken sind die eigentlichen Übermenschen, was daran liegt, dass wir kein funktionierendes Gesundheitssystem in unseren Heimatländern haben, so haben nämlich nur die mit einer einwandfreien, gesunden Genetik überlebt.

Der Rest wurde durch die Tücken des Lebens ausselektiert.

Unglücklicherweise ist die Selektion bisher immer nur haarscharf an Ihnen vorbeigefahren, aber schon bald wird es auch Sie treffen.

Das kann ich Ihnen versprechen, auch Sie werden bald sterben, und Sie können nichts dagegen machen. Ich bin so was von geladen jetzt und ich hab auch keine Lust mehr, mit Ihnen zu diskutieren, denn eigentlich, ja eigentlich wollte ich Ihnen ja nur sagen, dass ich Ihren Kommentar nicht politisch korrekt fand."

In diesem Moment sprang die Ampel auf Grün um. Der Alte schlug mir mit überraschender Härte den Krückstock auf die Nase und stapfte über die Kreuzung. Über die Schulter blickend und mit seinem Krückstock schwingend schrie er mir zu: „Du kannst in der Hölle schmoren, du dreckiger Auslä..."

Er hatte seinen Satz nie beenden können, da ihn in diesem Moment ein älterer Benz mit quietschenden Reifen frontal erwischte, so, dass er in einem hohen Bogen hinter einer Tannenböschung verschwand.

„Da ist wohl jemand über den Rand der Gesellschaft geschleudert worden", dachte ich nur.

Ein türkischer Familienvater mit einem original Sadam-Hussein-Schnäuzer stieg verdutzt aus dem Benz und fragte mich: „Ey, Kollege, was war das?"

„Ach, das war nur ein deutscher Schäferhund, der sich nicht bei uns integrieren wollte."

„Ja", sagte der Türke, „armer Hund, selber Schuld, wenn der bei Grün über die Straße läuft."

Wir lachten beide, der Türke stieg winkend in seinen Wagen, seine Frau warf mir noch eine Sucuk-Knoblauchwurst zu und ich schaute ihnen nach, wie sie zu ihrem ganz eigenen Rande der Gesellschaft fuhren. Als sie am Horizont verschwanden, fand ich einen Krückstock auf dem Boden und ging mich auf ihn stützend und in die Wurst beißend über Rot.

Text aus: Masomi, Sulaiman: Ein Kanake sieht rot, Paderborn: Lektora Verlag 2014, S. 34–39.

Kommentar:

Als ich zu Beginn meiner Poetry-Slam-Zeit mit diesem Text auf die Bühne ging, habe ich die Wirkung nicht vorausgeahnt. Nicht der Umstand, dass ich damit reihenweise Poetry Slams gewonnen habe oder von Nazis angefeindet wurde, hat mich überrascht, sondern dass die Menschen wirklich dachten, ich würde den Text satirisch meinen. Wer mich aber kennt, weiß, dass ich wirklich nie etwas Ironisches sage geschweige denn etwas Satirisches schreiben würde. Das kann ich doch überhaupt nicht als Ausländer. Ich bin schon froh genug, ein wenig Deutsch sprechen zu können. Wie dem auch sei. Ich kann die Leute nicht daran hindern zu denken, ich wäre ein intelligenter Kerl, der mit diesem Text satirisch die alltäglichen Klischees und Stereotypen der Menschen entblößen möchte. Es fällt mir zwar schwer, aber irgendwie habe ich es trotzdem geschafft, mit der Tatsache leben zu können, von den Menschen als intelligent gehalten zu werden.

Biographie:

Sulaiman Masomi wurde in Kabul, Afghanistan geboren und slammt mittlerweile seit 10 Jahren. Er studierte in Paderborn Allgemeine Literaturwissenschaften, Medienwissenschaften und Kulturwissenschaftliche Anthropologie, seine Magisterarbeit „Poetry Slam – Eine orale Kultur zwischen Tradition und Moderne" veröffentlichte er im Lektora Verlag. Das Goethe-Institut hat ihn bereits nach Kairo, Mexico City, San Francisco, Riga und Jerusalem eingeladen.

FABIAN NAVARRO
Vorgarten Eden

In meiner Kindheit war es hier wunderbar
ich durchstreifte die Wälder vierhundertmal
Hab Höhlen erkundet
und Frösche gefangen
mich mehr als einmal verwundet
und bin trotzdem gegangen
raus in die Natur, ab in den Dreck
So war es schön und ich wollt hier nicht weg

Hier spielte ich Fußball, obwohl ich's nicht
konnte
war der größte Radprofi unter der Sonne
Im Sommer: Draußen toben in der Hitze
Ich war Flitzebogenmeisterschütze
Detektiv und Ninja zugleich
die Hütte im Garten war mein eigenes Reich
Hab die Katze vom Nachbarn zu Tode erschreckt
Hier war es schön und noch wollt ich nicht weg

Ich hab Steinchen auf dem Teich springen lassen
und zugesehen wie die Wellen nach einem Weil-
chen verblassen

Ich wurde älter, als genau dieser Zauber sich legte
sich mein Interesse von Lego auf Mädchen bewegte
Ich zu meiner ersten Party ging
und nur noch selten Frösche fing

War ich sonst draußen bei Wind, Wetter und
Schnee
saß ich jetzt drinn' vor ICQ und PC
Und nach ein paar Jahren war dieser Ort mir
verhasst
die Wellen auf dem Teich waren fort und verblasst
Und als eines Tages das Geräusch von Flugzeu-
gen erklang
fing ich von einem anderen Ort zu träumen an
und als dieser nicht kam, da hatt ich genug
ich wollte hier weg und mich packte die Wut
Ich habe mich lauthals bei allem beklagt
und so ziemlich genau *das hier gesagt*

Wenn es einen Ort gibt, an dem
Möglichkeiten sprießen
wie Gräser auf Wiesen
Chancen wie Pop-ups vor deinem Fenster
aufblinken
und langweilige Momente wie Gespenster ver-
schwinden
Wo dein Geist ein Bahnhof mit vollen Atemzügen ist
und es für deine Fantasie 1000 Gratisflüge gibt
Ein Ort, an dem die Lebenden
auf vielen Ebenen
kommunizieren
philosophieren
sich amüsieren
auf dem Grat balancieren
zwischen ... zu viel und fast genug

jeden Tag ein gutes Gefühl im Urin und im Blut
Wenn es einen Ort gibt, an dem man nackt im
Fluss der Zeit badet
und es nie jemanden stört,
wenn man den Kopf auf den Boden legt und
den Puls der Welt pumpen hört
man ständig neue Leute kennenlernt, wie wenn
man Alzheimer hat
und das alles verpackt
in einer einzigen Stadt
die auch in der Nacht voller Facetten ist
in der es hinter allen Ecken etwas zu entdecken gibt
wo nette Damen
auf Leuchtreklamen
mit einem Lächeln dir den Weg weisen
wo des Nachts Menschen aus der Realität gleiten

Wenn es diesen Ort gibt – das hab ich gelernt:
Dann war ich so weit wie möglich davon entfernt
auch wenn mir diese Vorstellung gar nicht gefällt
so stand ich im warmen Zentrum
– im Arsch der Welt –
„Sehr ländlich“ ist hier noch gelinde beschrieben
mit Sauerland-Outback
wär’ ich schon eher zufrieden
Hier ist die Natur noch unversehrt
weil alle Kutschen haben und der Bus nur jede
Stunde fährt
Dieser Ort ist nicht verschlafen – er liegt im Koma

und jeder zweite Bewohner sieht aus wie Opa
und Oma
Hier kennt jeder jeden
hier im Vorgarten Eden
Argwöhnische Gartenzwerge
in ihrer Primatensphäre
Hier wird gelästert und getratscht,
bis einer weint
so kleinkariert, dass es wie Pixel erscheint
Man spioniert nach dem Nachbarn hinter seinen
Gardinen
das Leben ist hier einfach keine Schachtel Pralinen
es ist ein Sack Kartoffeln und man weiß, was
man kriegt
langweilig und wenig artenreich
Leute so tiefgründig wie ihr Gartenteich
Zwar ist die Jugend perspektivlos und säuft sich
ständig nur voll
... aber die Landschaft ist toll!

Wälder, Wiesen, Felder und Äcker
Selten Liebe, nur Gemecker
Sonntagmorgens Tratsch beim Bäcker
und das Lieblingsthema ist das Wetter
Oder
„Haste schon gehört: Mein Vetter!
Der ist ja sonst ein ganz ganz Netter
Doch in die Kirche kommt er kaum
ich glaub, der hat seine Frau gehau'n"
Oder

„Haste schon gehört, der Müller
das ist der absolute Knüller
der hat seine Frau geschlagen
kann ich noch ’n Bierchen haben?“
Oder
„Haste schon gehört?
Der Dieter Müller von dem Jürgen
bei dem krieg ich jetzt schon das Würgen
Seine Frau, die ist jetzt tot.
Ich hätt’ noch gern ein Vollkornbrot!“

Wie sehr ich doch wegwollte, einfach nur fort
an diesen anderen Ort
den mit den blitzenden Leuchtreklamen
weg von Kuhscheiße und Schützenfestfahnen
Raus aus der Gemeinschaft, wo jeder weiß,
was du letzten Sommer getan hast
in ein Haus ziehen ohne eigenen Fahnenmast
Jetzt wird einer fragen
„Was hat der denn zu klagen?
Ist doch prima zum Ausruh’n
und dann dieses Brauchtum …!
Ist doch schön!“
ALTER!
Was für ein Brauchtum?!
Alte Säcke mit grünen Hüten,
die sich mordshaft besaufen und mit Holzge-
wehren
durch die Ortschaften laufen
Wo Alkohol die Zahnräder

des Zusamm'nlebens schmiert
und die Weihnachtsbeleuchtung das Haus
nur zum Angeben ziert
Im Urwald leben und nur auf bestimmte Pflanzen kacken hat auch was von Brauchtum
Und wenn sonntagmorgens die Kirche rumbimmelt, dann war's das auch mit Ausruh'n

Das alles und mehr schrie ich
mit bebendem Kehlkopf.
Ich bekam nur eine Antwort: „Ja, dann geh doch!“

So schön es hier auch immer war
– auf die Idee bin ich dann auch gekommen

Und so beginne ich mich leichten Herzens
von der Heimat zu trennen
um vielleicht später
der guten Erinnerung wegen zurückzurennen
Aber das ist eine ganz andere Geschichte

Text aus: Navarro, Fabian: Ganz viel Mist und ein bisschen Poesie, Paderborn: Lektora Verlag 2011, S. 73–79.

Kommentar:

Ich war letztens wieder da. Etwa vier Jahre nach meinem Umzug berührten meine Füße den Boden, auf dem 20 Jahre meiner Schritte lagen. Der vertraute Duft von Apfelblüten kitzelte in meiner Nase, die seither so viel Neues gerochen hatte. Ich dachte unter dem lichtdurchfluteten Blätterdach an alte Freunde und flüchtige Bekannte, die für mich aus dem Lebensmittelpunkt gerückt sind. Ich ließ Erinnerungen an das Spielen im Wald aufleben, an das erste liebestrunkene Klopfen in der linken Brustkorbhälfte, und ich realisierte in der chlorophyllschwangeren Luft, wie viel seitdem für mich anders geworden ist: In meiner Heimat hat ein Matratzengeschäft zugemacht.

Biographie:

Fabian Navarro, geboren 1990 in der Bierhauptstadt Warstein, betrat im Alter von 18 Jahren das erste Mal eine Slam-Bühne. Seitdem fährt er durch den deutschsprachigen Raum und hat weit über 300 Auftritte bestritten. Keine Bühne ist dem Germanistikstudenten zu groß oder zu klein. Mal steht er in kleinstädtischen Einkaufszonen auf Euro-Paletten oder vor 5000 Zuschauern auf dem Deichbrand-Festival. Mittlerweile lebt, atmet und arbeitet er in Hamburg. Sein jüngster Erfolg ist der Sieg im Finale der Landesmeisterschaften Schleswig-Holstein im Poetry Slam 2014.

CHRISTIAN RITTER
Gefahr!

Wie es moderne junge Menschen tun, saßen ich und meine Freundin Aygül uns an unseren Notebooks gegenüber am Küchentisch. „Du bist so lieb", sagte sie, kaum hatte sie bemerkt, dass ich einen ihrer Kommentare unter einem Musikvideo mit einem Like-Klick unterstützt hatte. Sie hatte noch nicht meinen Folgekommentar entdeckt, in dem ich mich über ihre Rechtschreibfehler lustig machte.

Um sie auch weiterhin davon abzulenken, kommentierte ich, wie es moderne junge Männer tun, stattdessen von nun an alle meine unbedeutenden Handlungen:

„Ich steh mal auf. Ich mach jetzt den Kühlschrank auf, mal schauen, was wir da haben. Guck an, Eier! Ich nehme mir ein Ei. Ich esse das Ei jetzt."

Aygül googelte hektisch vor sich hin. Ich setzte mich wieder, pellte das Ei in aller Ruhe auf und führte es schließlich zum Munde. Wie es moderne junge Frauen tun, stieß Aygül abrupt und theatralisch ein „Oh – My – God!" aus und wedelte sich Luft ins Gesicht, als sie irgendetwas Erschreckendes im Internet entdeckt hatte.

„Lass das! Leg das weg! Das darfst du nicht!"

„Was? Wie?", entgegnete ich.

„Es wird dich umbringen. Das Ei. Das Ei wird dich umbringen."

„Was? Wie?", entgegnete ich.

„Dioxin! Dioxinskandal. Verseuchte Hühner! Leg das Ei weg! Leg es weg!"

Im plötzlich über mich einfallenden Adrenalinrausch schmiss ich das Ei in hohem Bogen in die entlegenste Zimmerecke und ging unter dem Tisch in Deckung. Ich zitterte vor Angst.

„Was machst du da?", schrie Aygül außer sich. „Du musst es aus dem Haus schaffen. Sonst bringt es uns um … steht hier."

Ich fasste meinen gesammelten Mut zusammen, nahm mir die Spaghettizange und näherte mich dem möglicherweise kontaminierten Lebensmittel, griff es mit aller gebotenen Vorsicht auf und trug es aus der Wohnung, aus dem Haus, auf die Straße, übergoss es mit Benzin und zündete es an.

„Gerade noch mal gut gegangen", sagte Aygül, als ich schweißdurchnässt wieder am Küchentisch Platz nahm.

Außer uns vor Freude zogen wir fast synchron Zigaretten aus unseren Schachteln, rissen die Filter ab – für den echten Freiheitsflavour – und gaben uns gegenseitig Feuer. Wir geben uns immer gegenseitig Feuer, das haben wir mal bei Helmut und Loki Schmidt gesehen und empfanden es als einen unglaublichen Ausdruck ihrer Liebe. Hat ja auch recht lange gehalten. „Da sind wir dem Tod eben noch von der Schippe gesprungen“, sagte Aygül, als sie eine weitere Zigarette an der verglimmenden ansteckte.

Zur Feier unseres Triumphs entschieden wir, unser Stammsolarium aufzusuchen und uns heute je eine halbe Stunde länger unter den legendären Bräuner 12 zu begeben – unter den Bräuner 12 darf man nur mit dem Sonnenanbeterpass XL, den es ab vier Besonnungen die Woche gibt, Ungeübte erleiden unter ihm Verbrennungen zweiten Grades.

Als wir zwei Stunden später nach Hause zurückkehrten, warfen wir unsere Schlaftabletten eine Stunde früher als sonst ein und gingen erschöpft zu Bett.

Am nächsten Tag stand unsere wöchentliche Routineuntersuchung an, bei der wir uns stets von oben bis unten ordentlich durchröntgen lassen. Jedes Mal bei einem anderen Arzt, sonst geht das leider nicht. Und den Kopf immer zweimal. Sicher ist sicher. Danach trennten sich unsere Wege. Aygül ging in den Wald, um Pilze für das Abendessen zu sammeln. Ich traf mich mit meinen Jungs auf eine Partie Federball in der Dorfturnhalle.

„Ihr solltet mehr Rote Bete essen“, erklärte uns Helmut, als wir uns nach dem Doppelmatch in der Gemeinschaftsdusche einseiften. „Das vermindert die Gefahr von Prostatakrebs. Regelmäßige Massage hilft auch. Man sollte da unter Männern ganz offen drüber reden, hat mein Therapeut gesagt." „Das wird schon nicht so schlimm sein", antwortete ich, während ich mir konzentriert mit der Nagelschere einen aus der Art geratenen Leberfleck aus dem Unterschenkel schnitt. „Man kann ja auch überfahren werden", ergänzte Dieter. Wir anderen stimmten zu, wobei wir uns auch einig waren, dass die Gefahr, auf unserer Dorfstraße überfahren zu werden, doch eher stark gen null tendiert.

Nach einer kleinen Weile Diskussion einigten wir uns darauf, dass es ausschließlich möglich ist, bei uns überfahren zu werden, wenn eine Frau oder – Dieter sorgte für die Ergänzung – wenn eine Frau ODER der zu 98 Prozent feminine und verkleidungsfreudige Sohn des Apothekers mit seinem oder ihrem Absatz in einem Gulliloch stecken bleibt und nicht mehr von der Straße herunterkommt, zeitgleich der Todesfahrer einem Herzinfarkt erliegt oder plötzlich seine Sehkraft verliert; dann könnte die arme Frau oder Jean-Claude Reitmeier überfahren werden, ansonsten ist es viel zu übersichtlich und außerdem ist Tempo 30 vorgeschrieben und es gibt alle zehn Meter einen kleinen Bremshügel.

In diesem Konsens verabschiedeten wir uns voneinander, voller Zuversicht, uns in der Folgewoche wohlbehalten wieder zu treffen, sofern die offizielle Sperrung der Sporthalle wegen Asbestbelastung nicht am Ende dazu führen würde, dass uns jemand den Schlüssel wegnimmt.

Zuhause angelangt teilte mir Aygül mit, dass sie zu den wahllos aufgepflückten Waldpilzen als Beilage an Pommes frites gedacht habe, die ich zubereiten solle. Wie es moderne junge Paare tun, teilen wir uns nämlich die Frauenarbeit. Ich erhitzte die Pommes so lange und heiß wie möglich.

Während des genussvollen Verzehrs fragte ich unbedarft: „Was gibt es denn zum Nachtisch?"

Aygül setzte den Blick auf, den sie für erotisch hält und sagte: „Ich dachte an vorehelichen Geschlechtsverkehr mit einer Muslima." Ich nickte vorfreudig.

Sie ergänzte: „Ich muss heute außerdem noch mit meinem strenggläubigen Vater und meinen radikal-islamistischen Brüdern telefonieren. Ich dachte, das kann man gleichzeitig erledigen."

Während ich also wenige Minuten später unter ihr lag und Klebstoff aus einem Frischhaltebeutel schnüffelte, um auf Touren zu kommen, ruckelte Aygül mit dem Handy am Ohr auf mir herum und bestätigte ihrem Vater, dass sie selbstverständlich ihr Kopftuch trage – was nicht mal gelogen war.

Der Umstand, dass sie den Lautsprecher eingeschaltet hatte, erleichterte die Sache nicht grade, aber die Klebstoffdämpfe hatten mich in einen Zustand der Sorglosigkeit versetzt, der mir bis dahin nur von Pflegekräften in Altenheimen bekannt war.

„Was sind das für Geräusche?“, donnerte es argwöhnisch aus dem Telefon. Aygül konnte ihren Vater erfolgreich glauben machen, dass sie gerade eine Dokumentation über die modernsten Beatmungsmaschinen auf Intensivstationen ansehe. Während sie danach mit ihrem Bruder mit dem ausgeprägten Narbengesicht telefonierte, drückte sie mir in regelmäßigen Abständen die Kehle zu, um meinen Lustgewinn zu steigern – und erzählte ihm, sie sehe eine Dokumentation über brutale Gänsemast. Er glaubte ihr, außerdem musste er sowieso zurück zum Hofgang.

Als wir nach der Korrespondenz und dem ungeschützten Liebesspiel bei einer Flasche guten tschechischen Absinths den Tag ausklingen ließen, machte Aygül den kühnen Vorschlag, man könnte vielleicht doch mal ein Ei essen, einfach so, ein bisschen Risiko im tristen Alltag.

Ich zog nachdenklich an meiner Crystal-Meth-Pfeife, blies den dicken Rauch ins schummrige Licht der Energiesparlampe und schüttelte nur angedeutet den Kopf. Aygül stimmte zu. Nein, Eier essen, das war uns nun wirklich zu gefährlich.

Text aus: Ritter, Christian: Moderne Paare teilen sich die Frauenarbeit, Paderborn: Lektora Verlag 2011, S. 7–12.

Kommentar:

Die meisten Unfälle geschehen im Haushalt. Aber auch Rausgehen ist heikel. Wie schnell wird man überfahren, überrollt, übergangen! In schöner Regelmäßigkeit wollen uns armen Menschen außerdem die Lebensmittel an die Gurgel (hier exemplarisch durch Dioxin-Eier dargestellt). Kurz: Die Gefahr lauert überall. Aber die richtig harten Dudes lieben sie nicht nur, sondern leben mit ihr. Wie in dieser Liebesgeschichte.

Biographie:

Christian Ritter (*1983) lebt in Bamberg und ist als Autor, Veranstalter, Moderator und Bühnenpoet tätig.

Nach erfolgreichem Abschluss des Studiums im Sommer 2010 (Germanistik, Journalistik) entschied er sich, keine Bewerbungen zu schreiben, sondern nur zu schreiben. Als selbständiger Künstler fühlt er sich als wertvolles Mitglied der Gesellschaft. Ritter betrachtet das Publikum als seinen Arbeitgeber, bereist den deutschen

Sprachraum mit seinen Texten und gibt auch Schreib- und Slam-Workshops in Schulen.

2009 wurde er zum zweitbesten deutschsprachigen Poetry Slammer gewählt, 2010 dann immerhin zum besten Poetry Slammer Bayerns. Regelmäßig veranstaltet und moderiert er Poetry Slams und ähnliche Veranstaltungen in Bamberg und Würzburg.

LARS RUPPEL
Bread Pitt

Wenn man mich früge, und man fragt mich oft, zu allen möglichen Dingen, aber wenn man mich früge, was ich denn für ein Brot nach meinen Wünschen büken ließe, von einem Bäcker, der mich fragt, was er mir denn für ein Brot backen dürfe, dann würde ich Folgendes sagen:

„Lieber guter Bäckersmann, mach mir doch bitte ein Brot, so rustikal, einem Toastbrot so unähnlich, das sich, ohne trocken zu werden, in diese Hall of Mehl einreihen kann."

Leipziger Hartteig
Bonner Weizenklump
Kölner Kevlar Kruste
Freiburger Schanzer
Augsburger Hartblock
Berliner Straßenstein
Elsässer Zahntod
Schweriner Grobkante
Tiroler Mehlbrocken
Lausitzer Roggenkümmel
Mühlhausener Pfund
Licher Starkbier Roggenbockbrot
Hamburger Walnussanker
Appenzeller Kasstriemen
Frankfurter Mehloschi

Das Bochumer Schwarze
Gelsenkirchener Kumpelstulle
Gambecher Hirsestoo
Lüneburger Heidekloben
Münchner Sauerbrumpler
Wiener Schlupfteigli
Schlesischer Knusperdonner
Pumpernickel alias the one and only Black Death
Amsterdamer Grachten-Hauer
Texas Bone Bread

Ein Brot, bei dessen Zubereitung 50 % der Bäcker sterben
Ein Brot, an dem Geschichte hängt
Ein Brot, das nur von Bäckern ab dem 70. Lebensjahr gemacht werden kann,
weil das Rezept in Sütterlin geschrieben ist
Ein Brot, das den ganzen Frühstückstisch zittern lässt
Ehrfürchtig erzittert der Kaffee und all die anderen Nahrungsmittel bilden einen ganz großen Kreis um das Brot
Ein Brot, so gehaltvoll, dass es den Frühstückstisch in die Brotkorbrichtung kippen lässt
Ein Brot, das in einen Brotkäfig gepfercht werden muss. Körbe sind was für kleine Katzen
Ein Brot, das sich wehrt, wenn man Nutella draufschmiert
Ein Brot, das nur blutige Hausmacherwurst an sich ranlässt

Ein Brot, auf dem sich die abgehangenste, würzigste, ungarischste Salami total undeftig vorkommt
Ein Brot, auf dem sich jede Wurst fühlt wie Bärchenwurst
Ein Brot, das man getrost mit einem Steak belegen kann
Ein Brot, das man nur mit einer Brotmachete beschmieren kann, alles andere bricht entzwei
Ein Brot, das Jesus niemals hätte brechen können
Wenn Oblaten der Leib Christi sind, dann ist mein Brot der Leib Satans
Ein Brot, das die Sache mit dem zerbröselten Toast wie einen Unfall aussehen lässt
Ein Brot, mit dem man sich vor Strahlung schützen kann
Ein Brot, das die Wölfe anheulen
Ein Brot, mit dem man Ölwannen stopft oder Dächer flickt
Ein Brot, dessen Konsum mit Drogenbluttests nachgewiesen werden kann
Ein Brot, das auf jeden Fall schwer im Magen liegt
Ein Brot, wo auch kein Rennie hilft
Ein Brot, das den Handyempfang stört und in Boxen diesen „Obacht-gleich-klingelt's"-Störton macht
Ein Brot, das immer auf dem ersten Verkaufsregal liegt, damit die Bäckerin es nicht so weit hochwuchten muss

Ein Brot, das nicht im Biomüll entsorgt werden kann, sondern kontrolliert gesprengt werden muss
Ein Brot, mit dem sich die Schwächeren auf dem Schulhof wehren können
Ein Brot, auf das man sich verlassen kann
Ein Brot, das selbst nach drei Tagen auf hoher See noch nicht einen Tropfen Wasser aufgesaugt hat
Das Brot vor dem Sturm
Ein Brot, das die Apokalyptischen Reiter in der Mittagspause essen
Ein Brot, das George Bush ganz sicher getötet hätte. Liebe Brezel: Die Idee war ja ganz gut, aber lass da mal den Profi ran
Ein Brot, das man nach dem Sex isst oder raucht
Ein Brot, aus dem man Hallen bauen kann, die nicht andauernd einstürzen
Ein Brot wie ein Schuss in der Stille
Ein Brot, so körnig kernig männlich, dass man davon nur eine Scheibe abschießen kann
Ein Brot, das dagewesen wäre, im richtigen Moment am richtigen Ort, als Rudi Carrell starb
Ein Brot, das Frauen so behandelt, wie Frauen es verdienen
Ein Brot von Welt, aber kein Brot für die Welt.

Ein Brot für mich.

Text aus: Ruppel, Lars: Schweinchen, Paderborn: Lektora Verlag 2009, S. 16–21.

Kommentar:

Ein Liebesgedicht für ein Brot. Nur beim Poetry Slam kann man mit so etwas Erfolg haben. Ich habe diesen Text schon sehr lange nicht mehr gelesen, weil ich Brot leider nicht mehr liebe. Teigwaren finde ich im Allgemeinen nicht mehr so prall, deswegen kann ich diesen Text nicht mehr mit der nötigen Leidenschaft vortragen. Er erinnert mich zu sehr an die Zeit, als ich dem Backwerk voll und ganz verfallen war.

Biographie:

Lars Ruppel arbeitet als einer der wenigen Vollzeit-Slammer in Deutschland. Er ist Dozent zum Thema Poetry Slam an Universitäten, gibt Lehrer-Fortbildungen und Workshops in ganz Europa. Den Poetry Slam im WDR Fernsehen konnte er zweimal gewinnen. Ruppel veröffentlichte unter anderem bei Reclam, Praxis Deutsch, im Sprechstation Verlag (mit SMAAT), im Verlag Der gesunde Menschenversand (mit SMAAT), im Satyr Verlag und in vielen Anthologien. Seit seinem 16. Lebensjahr reist Lars Ruppel durch halb Europa und versetzt Zuschauer und die dazugehörigen Ohren in Staunen und Schrecken. Mit seinem Weckworte-Projekt leitet er Fortbildungen für Angehörige und Pflegekräfte von

Menschen mit Demenz oder geistiger Behinderung zum Thema Poesie in der Pflege.

PATRICK SALMEN
Sei still, alter Mann

Stellen Sie sich einen jungen Mann vor. Als er klein war, hatte er in einem Lexikon etwas über Traktoren gelesen. Er wusste, wie sie aussehen, wie schwer sie sind und über wie viele Pferdestärken ihre Motoren verfügen. Er wusste, wie sie heißen, wo sie gebaut werden und wofür sie genutzt werden. All das war in diesem Lexikon zu lesen. Und in der Nachbarschaft stand solch ein Traktor. Ein großer roter Traktor, etwas rostig und marode, mit Rädern, die viel höher waren als er selbst. In den Reifenprofilen trockene Erde. Er schien lange nicht benutzt worden zu sein.

Der Junge fragte seinen Vater einmal, ob sie gemeinsam mit diesem Traktor fahren könnten, und der Vater sagte nur: „Dafür bist du noch zu klein. Nein, das sollten wir ein anderes Mal tun. Später, wenn du groß bist."

Und immer wieder, Tag für Tag, ging der Junge an diesem Traktor vorbei und sagte sich: „Irgendwann bin ich groß!" Hartnäckig hielt er an seinem Gedanken fest. Irgendwann würde er mit diesem Traktor fahren.

Als zwei weitere Jahre vergangen waren, ging er erneut zu seinem Vater, nahm all seinen Mut zusammen und fragte, ob sie sich nun den Traktor vom Nachbarn ausleihen wollten, damit er endlich damit fahren könne.

„Nein“, sagte der Vater, „dafür bist du doch schon viel zu groß. Kleine Kinder interessieren sich für Traktoren, aber sieh, mein Sohn, du bist zwölf. Du sollst für die Schule lernen. Hier, lies einmal die Zeitung. Verstehst du, was darin steht? Verstehst du etwas von Wirtschaft und Politik? Du solltest mehr Bücher lesen. Ich möchte, dass du später einmal einen vernünftigen Beruf erlernst, Geld verdienst als Händler und Geschäftsmann. Du solltest später einmal eine Frau versorgen können und vor allem solltest du wissen, was in der Welt passiert. Traktoren haben mit dieser Welt nicht mehr viel zu tun.“

„Aber als ich dich gefragt habe ...“, sagte der Sohn, „da hast du gesagt, ich sei zu klein. Und jetzt bin ich zu groß?“

„Geh in dein Zimmer“, antwortete der Vater. „Du sollst lesen. Hier, nimm das Buch. Darin steht vieles, was du wissen musst. Ein Buch über die deutsche Geschichte. Lies es, und in ein paar Wochen stelle ich dir Fragen dazu.“

„Ich möchte dieses Buch nicht lesen. Ich möchte auf diesen Traktor klettern.“

Dieses Buch über die deutsche Geschichte hat er nicht angerührt, wie Sie sich denken können. Er nahm sein altes Lexikon und schaute sich erneut das Kapitel über Traktoren an, lernte alles, was es über sie zu wissen gab, stellte sich das

Knattern des Motors vor, stellte sich vor, wie er mit den riesigen Reifen über die Felder fahren würde. Alle diese Bilder waren in seinem Kopf. Einen Tag später kaufte er sich auf einem Flohmarkt ein ganzes Buch über Traktoren, lernte auch nun wieder alles, was es zu wissen gab, erforschte die Bilder, die kleinen Tabellen und alle Details, die in diesem Buch standen. Er kannte bald alle Modelle mitsamt Seriennummer und Baujahr und ward zunehmend in seinem Vorhaben bestärkt, irgendwann selbst einen solchen Traktor zu fahren – einen roten.

Irgendwann kam sein Vater herein. „Ich hoffe, du hast das Buch über die deutsche Geschichte gelernt. Hast du?"

„Ja, selbstverständlich."

„Nun gut, dann wirst du mir doch bestimmt sagen können, wie unser erster Bundeskanzler hieß?"

„Adenauer." Das hatte er mal in den Nachrichten im Radio gehört.

„Ja, richtig. Sehr gut." Und dann stellte der Vater ihm viele Fragen über Wirtschaftskrisen, Weltkriege, Revolutionen, Aufstände, Parteien. Wie ein Lehrer wartete er auf die Antworten. Aber sie blieben aus. Sein Sohn hatte natürlich keine Ahnung, hatte auch das Buch nicht gelesen.

„Aber weißt du, ich kann dir ganz viel über Traktoren erzählen." Und dann präsentierte er voller Stolz sein Buch und hielt es dem Vater vor die Nase.

„Du Träumer“, sagte dieser. „Du willst doch kein Bauer sein, kein Tagelöhner. Ich habe dich nicht großgezogen, damit du mir mit einem Traktor durch die Felder ratterst.“

Nun, auch ich habe diese Geschichte nur gehört. Ich weiß nicht, ob sie der Wahrheit entspricht. Aber irgendwie hat sie mich eingenommen. Eine Geschichte über einen Jungen, einen Traktor und einen Vater. Was sind denn Väter? Männer, die manchmal bloß Angst haben, Fehler zu machen. Männer, die glauben, Männer schaffen zu müssen. Erfolgreich, wohlhabend und gebildet. Das Wort „Stolz“ ist eines, das den Menschen leicht über die Lippen geht, wenn sie von Nationen reden, von Besitz und von Herkunft. Einmal traf ich einen Mann, der sagte, er sei stolz auf sein Land und auf sein Haus. Ich verstand ihn nicht, hakte nach und er sagte, sein Haus hätte er gebaut und für sein Land hätte er gekämpft. Ich dachte mir, stattdessen sollte er stolz auf *sich* sein, mit eigenen Händen ein Haus gebaut zu haben. Hingegen sollte jemand, der für ein Land kämpft, das Wort „Stolz“ besser *nie* gebrauchen. Aber letztendlich hatte auch dies seine Gründe. Es ist eine Vorstellung, die er wiederum aus der Geschichte gelernt hat – es sind Werte, die ihm von seinem Vater und anderen Menschen vermittelt wurden. Manchmal hat es seine Gründe, dass

Väter das Wort „Stolz“ nicht über ihre Lippen bekommen und dass sie Angst haben, Schwäche zu zeigen. Manchmal lernt man einfach nicht, wie man Gefühle zeigt – wie man jemandem sagt, dass man ihn ganz arg lieb hat und an ihn glaubt. Die Liebe der Väter scheint doch wesentlich schwerer erkennbar, hat man doch immer wieder das Gefühl, sich einem Vater beweisen zu müssen, während Mütter doch oft anscheinend bedingungslos lieben. Aber es gibt dieses seltsame Wort. Stolz. Und manchmal wartet man ein ganzes Leben darauf, dass der eigene Vater sagt, er sei stolz auf seinen Sohn. Ein ganzes Leben wartet man auf *ein* Wort.

Nun, es scheint bisweilen, als sei der Sohn im Recht und der Vater im Unrecht. Diese Geschichte beginnt damit, dass ein Sohn Traktor fahren will, ganz artig danach fragt und dass sein Vater ihn jedes Mal vertröstet. Aber wer weiß, wo die Geschichte *eigentlich* beginnt. Vielleicht beginnt sie damit, dass sein Vater selber ein kleiner Junge ist, der sieht, wie seine Eltern durch den Krieg ihre Existenz verloren haben und durch die Trümmerschäden noch jahrelang die Ernten ausblieben. Vielleicht beginnt sie damit, dass dieser Vater als kleiner Junge selbst Traktor fahren wollte und dass dieser Wunsch niemals erfüllt worden ist und er nun jedes Mal, wenn er einen Traktor sieht, an diese Zeit erinnert wird.

Niemand weiß, wo die Geschichte anfängt. Nicht einmal ich, obwohl ich sie geschrieben habe.

Und nun, diese Geschichte hier ist noch nicht vorbei. Viele Jahre später erfuhr der junge Mann, dass sein Vater schwer krank sei, dass die Spuren des Alters nun ihren Tribut zollen sollten, da fuhr er sofort, ohne lange nachzudenken, ins Hospital. Er führte seinen Vater nach draußen, stützte dabei seinen müden alten Körper, er band ihm die Augen zu, und dann ...

Na ja, den Rest müssen Sie sich selbst ausmalen. Aber es könnte sein, dass die beiden nun fortfuhren. Mit einem alten roten Traktor. Es könnte sein, dass sie noch heute über die linke Spur der Autobahn schleichen und dass, immer wenn ein Fahrzeug hinter ihnen lautstark hupt, weil es überholen will, die beiden ihren Hut zücken und freundlich grüßen. Es könnte sein, dass die beiden irgendwann an einem See vorbeikommen und der Vater dann den Wunsch äußert, dass er nun schwimmen wolle und dass sein Sohn antworten würde:

„Sei still, alter Mann. Dafür bist du zu alt."

Es könnte sein, dass ein Vater nun erstmals in seinem Leben sagt: „Ich bin stolz auf dich."

Und es könnte sein, dass ein Sohn dann sagt: „Ich weiß."

Text aus: Salmen, Patrick: Tabakblätter und Fallschirmspringer, Paderborn: Lektora Verlag 2012, S. 21–26.

Kommentar:

Bis heute meine persönliche Lieblingserzählung. Eine Geschichte über Väter und Söhne – über den nachträglichen Versuch von Verständnis und der Möglichkeit, die Dinge im Rückblick aus einer anderen Perspektive zu betrachten. Und über dieses seltsame Wort namens Stolz. Ein Thema, das mir immer sehr nahe ging und mit dem ich mich auch in meinem Roman befasse.

Biographie:

Patrick Salmen (*1985) ist Prosa- und Lyrikautor, Bühnenliterat und Kabarettist. Er kommt ursprünglich aus Wuppertal, lebt aktuell in Dortmund und gab 2011 sein literarisches Debüt mit „Distanzen“. Im März 2012 folgte seine Kurzgeschichtensammlung „Tabakblätter und Fallschirmspringer“, im Herbst 2013 veröffentlichte er sein Buch „Das bisschen Schönheit werden wir nicht mehr los“. Ende 2013 folgte zusammen mit Quichotte die erste Edition der beliebten literarischen Rätselgeschichten mit dem Titel: „Du kannst alles schaffen, wovon du träumst. Es sei denn, es ist zu schwierig."

2010 gewann Salmen in der Bochumer Jahrhunderthalle die Deutschsprachige Poetry-Slam-Meisterschaft, im Folgejahr konnte er diesen Erfolg in der O2-World-Arena Hamburg mit dem zweiten Platz beinahe wiederholen. Neben seinen Prosa-Werken moderiert er zusammen mit Jan Philipp Zymny den Poetry Slam im FZW in Dortmund, ist aktives Mitglied der Lesebühne „Familie Rodriguez" und mit seinem neuen Soloprogramm „Ich habe eine Axt" quer durch die Republik unterwegs.

SCHRIFTSTEHLER
Zwischen den Mächten

Es geschah an einem der trüben Novembertage und ich war auf dem Weg, mich bei Gott zu beklagen, weil ich seinen Gerechtigkeitssinn nicht mehr ertrage, und ich wollte ihn bitten, die Aktionen der letzten Jahre noch mal zu überdenken und ein paar seiner Fehltritte wieder einzurenken. Doch auf dem Weg zum Schöpfer tippt mir jemand auf die Schulter und fragt: „Machst du das öfter, dass du bei anderen Schuld suchst?"

Ich drehe mich um und sehe das Gesicht eines freundlichen Herrn und der erwidert meinen Blick und sagt: „Ich helfe dir gern."

Ich wundere mich, denn das ist schon selten, dass Menschen ungefragt ihre Hilfe anbieten. Also erkläre ich ihm, dass ich Gott besuche und warum und weshalb ich ihn gerade verfluche, dass mir der Stil seiner Führung momentan nicht passt, dass mich seine Form der Gerechtigkeit ständig bestraft und dass ich mich jetzt auf den Weg gemacht habe, um ihm das endlich unter vier Augen zu sagen. In diesem Moment stutze ich und beginne mich zu fragen, woher der Mann weiß, was ich gerade vorhabe, schließlich sprach er von Schuld, schon bevor ich erklärte, was ich vorhatte und was in mir gärte. Im selben Moment nickt der höfliche Herr: „Das, lieber Freund, ist des Pudels Kern: Ich kann deine Zweifel verstehen, sogar sehen, aber zu helfen ist mehr Geben denn Nehmen." Diese Formulierung macht mich nervös und ich betrachte den Mann, er wirkt seriös und ich überlege, an was mich das erinnert und ob mich diese Erinnerung bekümmert oder ob es etwas aus meiner Kindheit ist, das mich vom Sinn befreit in die Blindheit schickt.

Der Mann lächelt und sagt laut: „Du denkst an Goethes Faust, an die Erzählung, den Roman, in dem der Teufel die Seele und das Leben mit sich nahm, weil es vertraglich nun mal so vereinbart war." Ich nicke und bleibe stumm, weil ich mir nicht sicher bin, warum, wem oder was ich hier gegenüberstehe und ob ich das alles überhaupt verstehe.

„Deine Angst ist menschlich", sagt der freundliche Herr, „was du nicht kennst, ängstigt und verstört dich gar sehr, aber bei all deiner Furcht kann ich dir versichern: Es gibt keine Versuchung und keinen Grund, zu erzittern."

„Dann bist du der Herr der Unterwelt?", frage ich, doch er sagt: „Quatsch, ich steh hier mit dir unterm Himmelszelt. Aber ja, ich bin der, den du als Teufel siehst, und nein, ich bin kein Pessimist. Betrachte mich als das, was dich innen bewegt, etwas, das Zweifel nährt und Misstrauen pflegt, sieh mich als Propheten, der mit einer Idee die Veränderung bringt, die so lange seltsam klingt, bis sie trotzdem gelingt."

„Aha", murmele ich, „und was bringt mir das jetzt? Ich wollte zu Gott und du hältst mich hier fest, redest geschwollen und laberst mich voll von wilden Ideen und dass ich keine Angst haben soll. Ganz ehrlich? Vor dir fürchte ich mich nicht, du bist nicht gefährlich, du bist nur ein Wicht, der Angst hat vor dem Jüngsten Gericht, weil du glaubst, dass du nicht genug Seelen abkriegst und dass du, als gefallener Engel, am Ende nur quengelst, weil all deine Macht dann nichts wert ist und du schließlich weinend am Feuer, am Herd sitzt. Ich will nicht respektlos sein, aber bei aller Ehre: Ich werde mich bei Gott auch über dich beschweren."

Der Teufel bleibt freundlich, obwohl sein Gesicht sich verfärbt, so, als hätte ich ihn seiner Seele enterbt. „Warum glaubt ihr Menschen, Gott wär auf eurer Seite, dass er über euch wacht für alle Zeiten? Warum denkt ihr, dass er Gebete erhört oder schützende Geister für euch beschwört? Es gibt zwei Führer mit einer Idee – im Grunde ist das wie CDU und SPD. Wir haben beide dasselbe Ziel, nur hat einer die bessere Marketingstrategie. Bei Gott läuft immer alles nach Plan und, passt es nicht in jedermanns Kram, so heißt es dann stündlich: Tja, die Wege des Herrn sind unergründlich. Also lass mich als Advocatus Diaboli reden – verzeih mir das Wortspiel, aber ich will mich selbst vertreten. Der Teufel steckt im Detail, nicht daneben, du willst dabei sein, etwas bewegen und ich biete dir ein entspanntes Leben. Punkt, das war's schon, keine Klauseln oder Regeln. Verlass dich auf dich und auf niemanden sonst, dann wunderst du dich nicht, wenn keiner zu Hilfe kommt.“

Ich stutze und stutze Gedanken zurecht und gebe Satan insgeheim Recht. Und dann fällt mir doch noch etwas ein: „Moment, du Teufel, das kann nicht alles sein. Was ist mit der Liebe, die in Gottes Namen gepredigt wird und als Samen dient, um die Welt zusammenzuhalten und aus Menschen den Hass einfach abzuspalten?“

Er zuckt mit den Schultern: „Was soll damit sein? Ich widerspreche dir nicht, die Liebe ist fein und sie gehört nun einmal zum Menschsein dazu, so wie ein Euter zu jeder Kuh. Aber in Gottes Namen wird die Liebe missbraucht, für Inquisitionen mit Myrrhe und Weihrauch und, um Kriege zu führen und zu terrorisieren, um andere vom Andersdenken zu kurieren. Das Einzige, was ich dir jetzt hier und jetzt empfehle, ist eine Suche nach Fehlern in der eigenen Seele. Geh los und beschwer dich, sei dir selbst ein Miesepeter, denn das ist beschwerlich, wenn du mit dir selbst fiese zeterst. Am Ende vereint sich alles in dir: Gott und Teufel im Herzen und im Hirn. Und wenn du mich auch als Beelzebub siehst: Vielleicht bin ich nicht, was du dir von mir versprichst, weil es für dich doch immer nur Schwarz und Weiß gibt und du für Bunt noch gar nicht bereit bist. Ein letzter, gut gemeinter Rat: Zu Gott führt gar kein Pfad, zu dir selbst findest du wie nach Rom: Jeder Weg ist die Erfüllung."

Dann dreht er sich um und verschwindet im Nichts, ich bleibe zurück und frage mich, ob Gott für meine Beschwerden zuständig ist und was er dafür kann, wenn das Leben mich trifft, wer denn überhaupt verantwortlich ist, für all den ganzen weltlichen Mist – für Hunger und Armut, für Tod und Verbrechen, für Mord und Kriege und falsche Versprechen, für Krankheit und Leid, für Aids und Gebrechen. Und so sehr ich den Teufel bisher noch geächtet, so muss ich gestehen, dass er doch im Recht ist. Die Schuld liegt immer bei jedem selbst, weder Gott noch der Teufel helfen mir und der Welt.

Text aus: Sengbusch, Armin (Schriftstehler): Geh doch ins Licht, Paderborn: Lektora Verlag 2010, S. 81–85.

Kommentar:

Manchmal habe ich keine Ahnung, was passiert, wenn ich am Schreibtisch sitze. Vorher nicht, währenddessen auch nicht und hinterher wundere ich mich dann, dass ich einen neuen Text habe. In diesem Fall war es ganz anders, aber letztlich genauso: Ich sollte etwas zum Thema „Geist" schreiben – und das kam dabei heraus.

Biographie:

Armin Sengbusch wurde 1967 in Hamburg geboren. Er arbeitete zeitweise als Schauspieler, Pantomime und Kabarettist, bevor er sich der Musik, dem Fotografieren und schließlich dem Schreiben zuwandte.

Seit 2009 nimmt er als „Schriftstehler" erfolgreich an Poetry Slams teil, war Hamburger Meister und zweifacher Halbfinalist bei den deutschsprachigen Poetry-Slam-Meisterschaften. In seiner Heimatstadt Hamburg organisiert und moderiert er zahlreiche literarische Veranstaltungen in den Hamburger Kammerspielen. Zurzeit ist er mit einem Solo-Programm in ganz Deutschland unterwegs.

SEBASTIAN 23
Ärger die Monotonie

Geh!
Geh!
Lauf los!
Geh irgendwohin, wo du noch nie vorher gewesen bist!
Probier mal was Neues!
Sei mal ein bissli crazy!
Geh deinen ganzen Tag doch mal anders an!
Setz dich auf statt an den Frühstückstisch!
Steck dir Müsli in die Nase und kipp dir Milch in die Ohren!
Rasier dir mal den Arsch statt das Gesicht und finde raus, ob du den Unterschied bemerkst!
Mach doch mal was anders!

Geh!
Geh!
Lauf los!
Geh mal statt zur Arbeit zu deinem Chef nach Hause! Mal gucken, wie der so wohnt! Und ob Beton doch brennt!

Geh!
Geh!
Lauf los!
Hör doch mal auf zu denken, dass alle dich verfolgen! Mach das doch einfach andersrum! Geh

los und verfolge alle anderen! Sollen die doch mal sehen, wie das ist!

Geh!
Geh!
Lauf los!
Frag doch mal ein Rudel Skinheads nach dem Weg zum Frisör, mal hören, was die so erzählen! Wenn du danach noch lebst, mach doch mal was Neues!

Geh!
Geh!
Lauf los!
Wähl nicht immer die Spinner von irgendwelchen Parteien! Wähl dich doch mal selbst! Mach eine Koalition mit dir selbst und regier fröhlich in den Tag hinein! Verabschiede Gesetze gegen schlechte Laune und für Experimentierfreude!

Geh!
Geh!
Lauf los!
Ruf doch mal bei der Deutschen Bahn an und sag, dass du heute zu spät kommst! Wegen Verzögerungen im Betriebsablauf!

Geh!
Geh!
Lauf los!

Mach doch mal eine umgekehrte Diät! Ja, friss einfach mal alles in dich hinein, worauf du gerade Bock hast! Burger, Butter, Fritten, Chips, Mayo, Schokoriegel und Gummibärchen! Alles frittiert und mit Cola, Kaffee und Bier runtergespült! Und schäm dich, wenn du eine Kohlsuppe auch nur anguckst! Bah, fiese Kohlsuppe!

Probier es einfach mal, nur so zur Erweiterung deiner Perspektive! Und der Kleidergröße!

Geh!
Geh!
Lauf los!
Bell den nervigen Hund vom Nachbarn an und, wenn das nicht hilft, dann beiß ihn und piss deinem Nachbarn ans Bein!

Geh!
Geh!
Lauf los!
Sprich abends im Club einfach mal eine dicke und hässliche Frau an! Du wirst sehen, das geht viel einfacher! Und wenn du trotzdem nicht weißt, was du sagen sollst, dann erzähl ihr von deiner neuen umgekehrten Diät! Das wird ihr gefallen!

Geh!
Geh!
Lauf los!
Brich aus der Routine aus!

Geh mal bei Grün über eine Ampel!

Lächel den Typ, der dich auf der Autobahn beim Überholen schneidet, einfach mal an und ruf ihm durch die runtergekurbelte Scheibe zu, dass seine Mutter bestimmt eine nette Frau ist.

Geh!
Mach mal was anderes!
So geht es doch nicht weiter!
Nimm doch mal das Auto, statt die hundert Meter zum Bäcker immer zu laufen, einfach, weil du Lust auf den Klimawandel hast und gerne demnächst Oliven und Pfirsiche im Garten anbauen möchtest! Und Holland? Na ja, zehn Prozent Verschnitt muss man immer einrechnen!

Geh!
Geh doch mal in dich, komm aus dir raus und bleib da!

Geh!
Mach mal was anders!
Denk doch mal daran, dass du sterben wirst!
Und dann denk daran, dass du geboren wurdest!
Und jetzt grade bist du hier!
Jetzt!
Hier!

Geh!
Geh!
Aber tanze, statt zu laufen!

Text aus: Sebastian 23: Ein Kopf verpflichtet uns zu nichts, Paderborn: Lektora Verlag 2008, S. 166–169.

Kommentar:

Kein Mensch weiß, dass dieser Text „Ärger die Monotonie“ heißt, auch wenn ich das bei jedem Auftritt mit ansage. Wegen des häufig wiederholten Ausrufes: „Geh! Geh! Lauf los!“ wird immer angenommen, dies sei der Titel. Damit kann ich gut leben. Aber der amerikanische Slam-Poet Danny Sherrard hat mal bei einem gemeinsamen Auftritt in Paris diesen Text gehört und danach gefragt: „Hey Sebastian, what does that even mean: ‚Gay, gay, love lost‘?“ Da hab ich dann schon lachen müssen.

Biographie:

Sebastian 23 ist Kabarettist, Liedermacher und einer der bekanntesten Poetry Slammer Deutschlands. Seit 2003 hat er sich dieser Form der live vorgetragenen Literatur verschrieben, ist damit im gesamten deutschsprachigen Gebiet aufgetreten und hat neben den Deutschsprachigen Meisterschaften im Poetry Slam 2008 zahlreiche Preise gewonnen und Auszeichnungen erhalten.

Seit dem Frühjahr 2014 ist Sebastian 23 mit seinem Solo-Programm „Popcorn im Kopfkino“ auf Tour.

SVEN STICKLING
Liebe ist wie Panzerfahren

Gestern Abend habe ich mit meiner Freundin DVD geschaut. Romeo und Julia. Die moderne Verfilmung mit Leonardo di Caprio, diesem Weichspüler für frustrierte Frauenherzen. Normalerweise gucke ich Kriegsfilme, mit Maschinengewehren, Raketen und Panzern. Ich bin ein Mann! Männer wollen gefährliche Gegenstände sehen und keine Milchgesichter.

Das heißt aber nicht, dass ich herzlos bin. Im Gegenteil, ich mag meine Freundin, deshalb habe ich mich auch zu ihr aufs Sofa gesetzt. Ich mag sie genauso gern wie einen guten Kriegsfilm oder Panzer. Wenn ich die Wahl zwischen ihr und einem Panzer hätte – hm, das wäre eine schwere Entscheidung.

Panzer sind toll, wie gute Freunde, zuverlässig und immer da, wenn du sie brauchst. Und Freundinnen sind – anders als Panzer, aber auch schön.

Ich schweife ab. Meine Freundin und ich, wir lagen also auf dem Sofa. Sie schwärmte für dieses Milchgesicht und ich dämmerte langsam weg. Dämmern ist was Feines. Beim Dämmern zaubert das Unterbewusstsein verrückte Ideen und Bilder in den Kopf. Salavador Dalí hat sich das zu Nutze gemacht. In den wenigen Sekunden des Dämmerns hatte er geistige Kreativitäts-

Ejakulationen, multiple surreale Orgasmen. Die hat er anschließend mit Pinsel und Farbe für die Nachwelt festgehalten.

Ich wollte auch so kreativ sein wie Dalí und habe mir gesagt: „Sven, jetzt dämmerst du mal schön und anschließend hältst du für die Nachwelt fest, was du gedämmert hast. Ruhm und Ehre stehen schon vor deiner Tür und warten nur darauf, hereingelassen zu werden."

Nachher wusste ich, sie standen zwar vor meiner Tür, aber um mich auszulachen. Statt multipler surrealer Orgasmen hatte ich seltsame, geistige Blähungen.

Ja, seltsam ist die passende Umschreibung für das, was da in meinem Kopf vor sich ging …

Demnächst im Kino. Frei nach William Shakespeare.

Thilo und Adolf. Eine braune Liebestragödie.

Wir befinden uns im Garten der Sarrazins. Thilo steht auf dem Balkon, Adolf Hitler darunter. Von oben wirft der Mond sein aschfahles Licht auf die romantisch-verträumte Szenerie. Hitler trägt ein rosa Tutu, zieht sich seinen Scheitel nach und schmachtet seinen Geliebten an.

Uiuiui, wer steht denn da,
der Sarrazin im Wonderbra.
Mein Herz macht Sprünge, ich bin geil,
bei diesem Bürschlein geh ich steil.
Du süßes Ding, du, werde mein,

ich will in deinem Körper sein.
Ich muss dich haben, jetzt sofort,
denn sonst begeh ich Massenmord.

Die Analyse

An dieser Stelle spricht Hitler unterdrückte, sexuelle Gefühle aus. Höchstwahrscheinlich ist er als kleines Kind in der analen Phase steckengeblieben. In dieser Phase lernt ein Kind, dass die Darmentleerung gut oder böse sein kann. Kurz: Wenn es auf den Boden kackt, findet Mutti das doof, wenn es in die Toilette macht, gefällt ihr das. Hitler hat als Kind vermutlich oft auf den Boden gemacht.

Hätte ich vorher gewusst, dass ich so etwas träume, ich hätte mir einen Kaffee gekocht und den Weichspülerfilm zusammen mit meiner Freundin bis zum Ende angesehen. Anschließend hätten wir über Liebe geredet, weil das gut für die Beziehung ist. So ganz prozessorientiert. Glück und Liebe sind nämlich Prozesse.

In diesem Moment werden einige Leser ihren Partner vor Augen haben und denken: ‚Aha, du bist also ein Prozess.'

Ja, der Partner ist ein Prozess. Wichtig ist, dass du ihn gewinnst. Den Partner, nicht den Prozess. Aber mal ehrlich, warum hören wir immer, dass die Scheidungsrate steigt und dass Menschen in Beziehungen, wenn überhaupt, nur noch kurzfristig glücklich sein können? Ich glaube, weil

Liebe zu einem Konsumgut geworden ist wie jedes andere auch. Sobald sie ein paar Kratzer hat, macht sie uns keinen Spaß mehr und wir schmeißen sie weg.

Und wer profitiert davon? Die Autoren von Beziehungsratgebern.

Beziehungsratgeber sind die Pille für den Schmerz danach. Wer traurig ist, liest Bücher wie: *Gebrochenes Herz – Wenn aus Schmetterlingen Gallensteine werden.* Oder, ein bisschen aufmüpfiger:

Isch brauch Disch nisch, du Pissgesischt.

Manchmal erlaube ich mir einen Spaß und stelle in den Buchhandlungen heimlich andere Bücher zu den Beziehungsratgebern. Zum Beispiel *Dschihad für Anfänger* oder *Suizid – 100 todsichere Tipps für Lebensmüde.*

Ich brauche solche Bücher nicht. Nein, meine Freundin und ich, wir bleiben einfach glücklich. Auch deshalb habe ich Leonardo di Caprio einen Brief geschrieben und ihn darum gebeten, dass er noch in diesem Jahr einen Liebeskriegsfilm dreht. Für all die Paare da draußen, die so tapfer um ihr Liebesglück kämpfen. Mögliche Titel: *Full Metal Milchgesicht* oder *Das Boot reloaded – Wenn der Druck steigt, Rohr frei!*

Ja, ich weiß, das geht noch besser. So eine Titelfindung ist eben auch ein Prozess. Auf jeden Fall muss das Milchgesicht in dem Film Panzer fahren. Symbolisch.

Für die Liebe. Denn Liebe und Panzerfahren sind im Grunde genommen ein und dasselbe. Am Anfang denkst du: ‚Puh, das schaffe ich nie.' Doch wenn du den Dreh erst mal raus hast, dann gibt es nichts Schöneres auf der Welt.

Text aus: Stickling, Sven: Bärgeschichten, Paderborn: Lektora Verlag 2011, S. 131–135.

Kommentar:

Wo die Liebe hinfällt, da wachsen bunte Blumen. Wo der Panzer entlangrollt, da wächst nichts mehr. Yin und Yang, Liebe und Panzerfahren. Eigentlich haben sie nichts gemeinsam. Deshalb kann ich als Autor zu Recht behaupten, dass dieser Text totaler Quatsch ist. Allerdings ungemein lustiger Quatsch. Oder? Moment mal! *Krawumm!* Wenn dich die Liebe trifft, dann haut sie dich um. Wenn dich ein Panzer trifft, dann haut er dich auch um. Also ist doch alles sinnvoll. Und immer noch lustig. So.

Biographie:

Sven Stickling ist Poetry-Slammer, Improvisationskünstler und Moderator aus Bielefeld. Der gebürtige Verler und Wahl-Bielefelder entdeckte die Faszination des Poetry

Slam im Jahr 2010 für sich. Mit seinen Texten schaffte er es bereits mehrmals ins Fernsehen und gewann u. a. den NDR Comedy Contest.

Sven moderiert und organisiert den Bielefelder Hörsaalslam. Er ist zudem Teil der deutschlandweit agierenden Improvisations-Theatergruppe Die Stereotypen. Sven schreibt für die Satire-Seite Die Wahrheit der tageszeitung aus Berlin und er tritt regelmäßig für das Comedy Format Night-Wash auf.

SASCHA THAMM
Ostseeimpressionen

22. Juli im Jahre des Herren 2013, irgendwo am Ostseestrand:

Ich wusste ja, dass Ohrenquallen zu 98 Prozent aus Wasser bestehen. Ich wusste aber nicht, dass das Wasser der Ostsee zu 98 Prozent aus Ohrenquallen besteht. Etwas irritiert betrachtete ich daher die transparenten Tiere, die wie riesige, pulsierende Kontaktlinsen um meine Beine gespült wurden. Meine ersten Schritte in der Ostsee fühlten sich dank der zahllosen Quallen an, als würde ich in einen mit Salzlake gefüllten Beutel steigen, in dem tausende Mozzarellas schwimmen.

In der Ostsee gab es aber noch mehr zu entdecken. Zum Beispiel die Drillingshaken eines Blinkers, die sich in meinen Fuß bohrten. Blinker sind diese Metallköder, die ein Angler benutzt, um damit unvorsichtige Fische zu piercen. Oder Badegäste. Mit etwas Gewalt gelang es mir aber, die Haken am Strand mit einer sandverklebten, sterilen Krabbenschere aus meinem Gewebe zu hebeln. Und während ich da an meinem Fuß rumprokelte, stand auf einmal ein Pärchen schaulustiger Rentner bei mir und gab mir wertvolle Tipps zur Wundversorgung, die sie sich bestimmt analog aus der Apotheken Umschau zusammengegoogelt hatten:

„Sie müssen einen Rosenquarz auf die Wunde legen, der von einer unberührten Apachensquaw bei Vollmond aus dem Sediment des Rhein-Herne-Kanals gewaschen wurde", wusste die ältere Dame. „Oder du musst dir da mal richtig ordentlich draufpissen", riet mir ihr Mann. Etwas angenervt blickte ich zu den beiden Schlaumeiern hoch. Wie sehen die denn überhaupt aus? Das sehe ich ja jetzt erst! Sie: Figurtyp Dolomiten-Zentralmassiv, bestimmt mit einer Konfettikanone in die Presspassung eines gewaltigen Badeanzuges geschossen. Mein erster Gedanke: „Oh, hat der Christo nach dem Reichstag jetzt auch Jabba the Hutt verpackt?"

Ihr Ehemann war eher der asketische Typ und hatte eine unfassbar braun gebrannte, ledrige, faltige Epidermis auf seiner Unterkonstruktion schlockern. Bekleidet mit einem Goldkettchen und einer Bild-Zeitung. Mehr nicht. Bedeutet: Freier Blick auf Gravitationsgedehntes. Mein erster Gedanke: Das ist ja Lang Lang, und ich meine jetzt nicht den Chinesen am Klavier. Doch warte mal, was hat der denn da am Rettich hängen? Das musste ich mir aus der Nähe ansehen. Leider blieben meine neugierigen Blicke nicht unbemerkt und der Senior fragte: „Gibt es was Besonderes zu gucken?" „Ja", erwiderte ich, „ich weiß nicht, wie ich es sagen soll, aber hör mal, ich glaube, du hast dich da ganz böse in 'nen Blinker gesetzt ..." „Nein, nein, alles gut", sagte der Herr,

„das sind Ringe. 300 Gramm. Edelstahl. Piercing, wie ihr jungen Tagediebe sagen würdet.“

„Oha, dann will ich mal nichts gesagt haben und wünsche noch einen schönen rostfreien Urlaub und der Frau immer was Nichtleitendes zwischen der Piercinganode und der Amalgamfüllung …“ Ich schüttelte mich bei der Vorstellung, nickte zum Abschied gequält freundlich und warf den rausoperierten Blinker ins Meer zurück, damit der Angler schon bald den nächsten Beifang am Haken begrüßen konnte.

Auf den Schrecken brauchte ich erst einmal eine Abkühlung. Also bestellte ich mir am Strandkiosk einen großen Becher Waldmeister-Slush. Slush ist dieses gequirlte, knallbunte Eisgeschredder, das die Vitamine B, A, S und F enthält. Gierig saugte ich drei Züge der grünen Erfrischungschemikalie durch den bratwurstdicken Strohhalm. Jeder, der schon einmal Eiskaltes zu schnell konsumierte, weiß, was dann geschah: Ich bekam ein abartiges Stechen hinter dem Auge! Der Schmerz fühlte sich an, als würde eine rote Ameise ihre Säure von hinten in die Pupille pinkeln, während ein Ameisenbär von vorne versucht, die Ameise mit einer laufenden Stichsäge aus dem Schädel zu extrahieren.

Und genau im Moment des größten Schmerzes zerriss ein spitzer Schrei die Luft. Eine Frau brüllte mit sich überschlagender Stimme. Und dann sah ich, warum …

Es gibt auf dieser Welt zwei Lebensformen, die sich auf sechs Beinen fortbewegen: Insekten und fickende Hunde. Und genau das sah ich. Aber ohne Insekten. Ein äußerst unansehnlicher Mischlingsrüde zerrammelte hier wohl gerade den wertvollen adeligen Stammbaum der Hündin. „Oh nein, meine Gräfin Adelheid vom Drachenfels ist gerade läufig", keifte die Dame.

„Das trifft sich gut, mein Spike kommt auch von einem Drachenfels", sagte der Besitzer des Rüden, „die haben den nämlich in Mordor aus Resten zusammengenäht!" Die Dame war völlig außer sich und zeterte: „So tun Sie doch etwas!" Dabei sah sie ausgerechnet mich an.

Ich exte meinen Becher Slush, krümmte mich unter den Schmerzen und sagte mit grässlich verzerrtem Gesicht: „Ihre Hündin bekommt bald kleine Orks aaahh und meine Augen aaahh bekommen gerade Ameisen und Stichsägen. Aaahh die Natur kann grausam sein, wir sollten sie aber dennoch schützen und lieben! Aaahh."

Während dieser Worte fiel mir der leere Slush-Becher aus der Hand. Er wurde von einer Böe erfasst, rollte über den Strand und wurde ins Meer geweht. Das blieb vom Rentnerpaar nicht unbemerkt und der gepiercte Lederstrumpf stieg in die Fluten, um den Becher zu bergen. Kurz vor Erreichen meines Plastikmülls zuckte der Senior – und zeitgleich die Rute des Anglers.

„Aua, mein Fuß!“ schrie der Rentner. „Einfach draufpissen“, rief ich zurück, und „Was für ein Albtraum!“ stammelte die Hundebesitzerin.

Boah, Ostsee, was ist das schön hier. Ich bin jetzt schon total erholt.

Text aus: Thamm, Sascha: Dynamitfischen in Venedig, Paderborn: Lektora Verlag 2014, S. 145–149.

Kommentar:

Ziel des Autors ist es, Strandbesucher mit diesem Text für die wichtigen Fragen unserer Zeit zu sensibilisieren: Haben Ohrenquallen den Schuss nicht gehört? Hilft ein Rosenquarz vielleicht doch bei unerwünschten Blinkerperforationen der unteren Extremitäten? Und woher hatte der Ameisenbär überhaupt die Stichsäge?

Dazu der Autor: „Bevor ich mich dazu äußere, exe ich mal eben meinen XXL-Becher flüssigen Stickstoff mit Waldmeistergeschmack. Sozusagen das Slush für Fortgeschrittene. Mit Schlauch und Trichter.“

Die schlechte Nachricht zuerst: Leider warten wir bis heute auf die Antworten.

Die gute: Dem Trichter ist nichts passiert.

Biographie:

Sascha Thamm, geboren 1973, wollte eigentlich nur einmal einen selbstverfassten Text in der Umbaupause eines Bluesfestivals vortragen. Und da Zuhörer und Vorleser dabei so viel Freude empfanden, beschloss Thamm, es noch einmal zu tun. Und dann noch einmal …

Und jetzt haben wir den Salat: bisher über 200 Auftritte bei Poetry Slams, Lesebühnen und Comedy Shows, 2 x im Finale der Poetry-Slam-NRW-Meisterschaft, u. a. Gewinner des NDR Comedy Contest und der Goldenen Feder Lüdenscheids.

Sascha Thamm lebt, schreibt und staunt in Remscheid.

Weitere Informationen: www.tamfish.de

JAN PHILIPP ZYMNY
Märchen mit Opa

Es war einmal zu einer Zeit, als das Wünschen noch geholfen hat …

Opa: „Siehst du, Junge, so muss das anfangen."

… da war ein kleiner Bursche …

Opa: „Bestimmt so einer wie du!"

… der hatte eine kleine Schwester …

Opa: „Ha, genau wie du!"

… und half seinem Vater täglich beim Holzhacken und Arbeiten …

Opa: „Haha, kein Stück wie du, Junge!"

… denn die Familie war arm und brauchte das Geld …

Opa: „Wir waren auch arm damals. Als ich so alt war wie du, da hat man für einen Pfennig zwei Laibe Brot und einen Liter Milch bekommen – und man bekam noch Wechselgeld raus!

Aber so viel Geld hatten wir gar nicht! Wir konnten das Brot im Schaufenster immer nur angucken und mussten davon satt werden.

Nur reiche Protze haben damals überhaupt Brot gegessen. Bei uns armen Leuten gab es Steine; morgens Steine, mittags Steine und abends Steinsuppe aus Resten von Steinen, die es gestern gab.

Schlimme Zeiten waren das, aber hat es uns geschadet? Nein! Gut, ich habe mit zwölf alle meine Zähne verloren, aber das war damals so und da war man stolz drauf – und dankbar!"

Ich: „Opa, erzähl weiter."

Opa: „Ach ... ja."

... Der Junge half seinem Vater nach Kräften und arbeitete viel und lang, doch es reichte vorne und hinten nicht. Die Familie blieb arm ...

Opa: „Wir waren auch arm damals! Als ich so alt war wie du, da mussten wir das Geld in Schubkarren zum Bäcker bringen und konnten uns trotzdem nicht mal einen halben Laib Brot leisten. Weißt du, was wir stattdessen gegessen haben?"

Ich: „Ach, Opa, das Märchen!"

Opa: „Nee, die Frage war ernst gemeint. Ich hab's vergessen ... Na ja, wird wohl nicht so wichtig gewesen sein ...“

... und weil der Junge so hart arbeiten musste, um zusammen mit seinem Vater die Familie zu ernähren, konnte er nicht zur Schule gehen ...

Opa: „Ich bin zur Schule gegangen, wie sich das gehört, und ich musste meine zwölf Geschwister im Bollerwagen hinter mir herziehen ... hin und zurück – nur bergauf!

... Eines Tages, als die Familie sich mühsam etwas Geld vom Munde abgespart hatte, konnte der Junge hinaus in die Welt ziehen, um ein Handwerk zu erlernen. Er wanderte weit ...

Opa: „Ich bin auch mal weit gewandert! Damals haben wir die Panzer nach Russland getragen über Hängebrücken und barfuß durch den Schnee. Danach sind wir drei Tage unter Wasser marschiert ohne einen Tropfen zu trinken, und als es anfing zu regnen, haben wir uns unter den Brücken untergestellt.“

Ich: „Mit den Panzern?“

Opa: „Mit den Panzern!“

… bald kam der Junge an eine Brücke …

Opa: „Aha! Da drunter standen wir!“

Ich: „Nee, Opa!“

… und bald kam er an eine Wiese …

Opa: „Aha! Da drunter standen wir!“

Ich: „Das glaubst du ja wohl selber nicht!“

Opa: „Stimmt!“

… auf jener Wiese tollten Kinder über das Gras und spielten gar lustige Spiele …

Opa: „Junge, früher haben Kinder richtig gespielt! Richtig gespielt! Nicht so wie ihr heute, ihr guckt doch den ganzen Tag nur fern! Was siehst du im Fernsehen, Junge?“

Noch bevor ich richtig nachdenken kann, hab ich schon „TV TOTAL“ gesagt. Gut, dass mein Opa kein Alt-Nazi ist …

Opa (böse): „Ausgezeichnet, Sprössling! ‚Total‘ kenne ich, aber früher hieß es ‚Volksempfänger‘! Richtig gespielt! Gute Gesellschaftsspiele haben wir gespielt, z. B. ‚Arier ärgere dich nicht‘!“

Ich bin echt froh, dass mein Opa nicht so ist. Dafür vergisst mein Opa, wenn es um Technologie geht, das Märchen und beginnt sich aufzuregen.

Opa: „Ihr jungen Leute heutzutage mit euren neumodischen Geräten. Das macht euch alle faul! Ihr, ihr, ihr mit euren faulen elektronischen Zahnbürsten! Was ist los mit der Jugend? Ist Zähneputzen eine zu große körperliche Anstrengung für euch? Wie hab ich mir das vorzustellen? Müsst ihr direkt ins Sauerstoffzelt, wenn eure Zahnbürste keinen Motor hat?"

Ich: „Opa, warum legst du denn jetzt das Buch weg?"

Opa: „Das brauch ich nicht. Ich habe alle Märchen selbst erlebt! Das erzähl ich dir alles locker aus dem Hut!

Also, Hänsel und Gretel, die wollen jetzt Rapunzel das Fürchten lehren, aber das mag die nicht und darum geht die zu Frau Holle und schiebt die ganzen Kissen einfach in den Ofen, weil sie auch keine Lust hat, die immer zu schütteln, und die sieben Zwerge sind auch da, aber die böse Königin ist wütend, weil in dem Glassarg doch bloß ein Schweineherz liegt, und ihr Spiegel sagt die ganze Zeit nur: ‚Ach, müsst ich doch nur nicht immer die

Asche putteln!' Und alle leben glücklich bis ans Ende ihrer Tage! So!"

Ich: „Was ist denn nun mit der Moral von der Geschichte?"

Opa: „Die Moral? Junge, hast du denn überhaupt nicht zugehört? Die Moral ist natürlich: Früher war alles besser ... und aus Holz! Alles war aus Holz: Getreide, der Monat Mai und Wasser auch. Schwimmen war damals verdammt anstrengend und sah bescheuert aus! Aber haben wir uns beschwert? NEIN! Da war man dankbar!"

Text aus: Zymny, Jan Philipp: Hin und zurück – nur bergauf!, Paderborn: Lektora Verlag 2012, S. 67–72.

Kommentar:

Dieser Text von mir ist sehr gut. Ich kann ihn nur empfehlen und möchte Sie bitten, in Betracht zu ziehen, auch andere Texte von mir zu lesen. Dazu möchte ich Ihnen weitere Bücher des Lektora Verlags ans Herz legen. Ach, und wo ich gerade mit Ihnen persönlich spreche, mir wurde aufgetragen, folgende Botschaft an Sie zu richten: Ist es nicht erstaunlich, dass so viele Menschen, die in die Welt hinausziehen, um sich selbst zu finden, das gleiche selbstgerechte Arschloch entdecken?

Biographie:

Jan Philipp Zymny (*1993 in Wuppertal) ist einer der bekanntesten Nachwuchsstars der Poetry-Slam-Szene. Nachdem er im Jahr 2010 im Internet erstmals mit dem Thema Poetry Slam konfrontiert wurde, stellte sich Jan Philipp ohne Workshop, Vorwissen oder Warnung einfach auf eine Slam-Bühne und nahm ob des Erfolges noch im selben Jahr an den Deutschsprachigen Meisterschaften teil. 2011 folgten das Abitur und die Wuppertaler Stadtmeisterschaft im Poetry Slam. Sein Weg über die deutschen offenen Comedy- und Slam-Bühnen führte ihn dabei unter anderem in den Admiralspalast in Berlin zur 12. FritzNacht der Talente und auf die Leipziger Buchmesse. Im Oktober 2013 gewann er den NightWash Talent Award 2013. Im November 2013 wurde Jan Philipp Zymny zum Deutschsprachigen Meister im Poetry Slam 2013 gekürt. Mit *Hin und zurück – nur bergauf!* veröffentlichte er bei Lektora sein erstes eigenes Buch mit seinen bis dato besten Texten. Im Frühjahr 2014 erschien sein erster (Detektiv-)Roman mit dem Titel: „HENRY FROTTEY, Sein erster Fall: Teil 2 – Das Ende der Trilogie!“

WDR 2 Buchtipp!

Bei Lektora erschienen

Deutschsprachiger Poetry-Slam-Meister 2013

Jan Philipp Zymny

Henry Frottey – Sein erster Fall: Teil 2 – Das Ende der Trilogie

Ein Roman in Schwarzweiß

Eine Mordserie hält die Bürger von Schikargo in Atem. Doch der berühmte Privatdetektiv Henry Frottey hat keine Zeit, vor dem Fernseher zu sitzen und sie zu verfolgen. Er klärt lieber Verbrechen auf. Eine neue Entität arbeitet sich an die Spitze der Unterwelt vor und ihr Weg ist gepflastert mit seltsamen Morden, die so verzwurbelt sind, dass nur Henry sie vermittels seines genialioesken Verstandes und der Macht der Prokrastination zu lösen vermag. Relativ desinteressiert stolpert er durch die Straßen, macht einer schönen Frau Avancen und Urlaub, besucht den Jahrmarkt und ist dabei trotzdem den merkwürdigen Ereignissen in seiner Stadt stets nur einen Schritt schrägonal links auf den Fersen.

„Dem Autor gehen permanent die Gäule durch, er lässt sich wegtragen von seiner scheinbar unerschöpflichen Fantasie und Kreativität, doch er kriegt die Zügel immer wieder zu packen und erzählt dabei eine große Geschichte, in der am Ende tatsächlich alle Fäden zusammenkommen."
– Thomas Koch, WDR 2 –

ISBN 978-3-95461-020-4
14,80 Euro

www.lektora-verlag.de/shop

Bei Lektora erschienen

Sascha Thamm

Dynamitfischen in Venedig

Wenn sich Sascha Thamm Gedanken über Talsperren, Baumärkte oder über so vermeintlich harmlose Dinge wie Vogelnamen und Paradiesäpfel macht, nimmt er seine Zuhörer mit auf eine wilde Reise durch seine Hirnwindungen. Scharf beobachtete Alltagssituationen werden bei ihm zu einem zarten Garn gesponnen, das dann filigran mit dem Mähdrescher zu Geschichten gestrickt wird.

Dichterkollege Patrick Salmen urteilt: „Ein unwahrscheinlich lustiger Geschichtenerzähler – subtil wie eine Schlagbohrmaschine und präzise wie ein autistischer Gabelstaplerfahrer am im Wind taumelnden Palettenstapel des Humors.“

ISBN 978-3-95461-027-3
12,00 Euro

www.lektora-verlag.de/shop

Bei Lektora erschienen

Björn Högsdal und Wolf Hogekamp (Hrsg.)

155 Kurze aus der Poetry-Slam-Szene
Eine Kurztext-Anthologie

mit Texten von Patrick Salmen, Sebastian 23, Bas Böttcher, Andy Strauß und vielen anderen!

Vom erfahrenen Slam-Poeten bis zum talentierten Frischling spiegelt diese Anthologie der „Kurzen“ die Vielfältigkeit und Kreativität der Spoken-Word-Szene wider.

Kurztexte sind eine Möglichkeit zum Experimentieren und ein Sprungbrett zu langen Textformaten.

Diese Anthologie kann vieles. Sie kann als Inspiration und Textsammlung für Workshops in Schulen dienen, als Klolektüre auf WG-Toiletten und immer da ihre Wirkung entfalten, wo wenig Zeit und Aufmerksamkeit vorhanden sind. In diesem Buch gibt es so gut wie alle Formate der „kurzen“ Literatur. Haiku, Elfchen, Limerick, Vierzeiler über Prosaminiaturen bis zu einer der kürzesten Formen sprachlichen Ausdrucks, dem Witz.

ISBN 978-3-938470-79-4
12,90 Euro

www.lektora-verlag.de/shop